日本の一文 30選

中村 明
Akira Nakamura

Eurus
Notus
Boreas
Zephyrus

岩波新書
1620

はじめに

匂いたつ文章の文学的な味わいを満喫しながら、じっくりと表現をたどっているうちに、実はそれが、選ばれてそこに並んでいることばの玄妙なふるまいが醸しだす薫りであったことに気づくことがある。文学もまた言語のひとつの在り方であったことに、はっと思い至る瞬間だ。

そういうまぎれもない言語現象の場で、ことばのどういう働きがいかなる効果を奏しているのかを、表現の具体的な事実として、可能な限りわかりやすく論理的に語ろう。

『日本の一文 30選』と題するように、各節の冒頭に一流作家三〇人の作品から抽出した一文を見出しとして掲げ、表現技法にまつわるそれぞれのトピックを象徴する刺激材とした。

そして、それぞれの節で、その一文をばねとし、必要に応じて、その作品の他の箇所、同じ作者の他の作品、さらには他の作家の文章をも参照しつつ、各節の中心テーマとしてさりげなく表示した表現トピック（《視点》《比喩》《韻律》など）に関する多様な話題にふれる。

実際に訪問して直接ことばを交わした作家に関しては、その生の声が聞こえるよう、解説中に、その人柄や部屋の空気などを伝える工夫を試みた。文字の背後に声があり、表現の底に人間が横たわっている、文章というもののそういう現実の姿を確認するためである。

豊富な名表現を楽しく味わいながら読み進み、いつのまにか読み終えたことに気づくころに、日本語の知識が広がり、言語感覚がみがかれ、特に文章の表現力が高まっていれば、著者望外のよろこびとすべきだろう。ただ、そういう技術面の解説が重く、不粋にならないよう、ゆとりある筆致のエッセイをめざした。

一昨年の四月から今年の三月までの毎週土曜日、朝日新聞の別刷り青版のbeの「サザエさん」の横に、「ことばの食感」と題するコラムを連載した。本書はそれをきっかけとして書き下ろしたものである。

各節冒頭の一文の引用を快諾された作家やその著作権継承者の方々に厚く御礼申しあげる。また、岩波新書『語感トレーニング』の担当編集者であった古川義子氏に、今回も企画・内容・構成・解説スタイルなど、幅広いヒントをいただいた。うまくいっていれば、すべて古川さんの手柄である。あらためて深い感謝の気持ちを記そう。

二〇一六年　七夕

東京　小金井の自宅にて

中村　明

目　次

はじめに

第一章　この人この文――表現の奥の人影……1

第二章　たった一言の威力――思わず唸る名表現……13

第三章　風景、人、心、そして時間――描写の手法……25

第四章　イメージに語らせる――想像力をかきたてる比喩など……57

第五章　順序と反復のテクニック――流れに波を起こす……75

第六章　耳を揺する響き――音感に訴える……91

第七章　曖昧さの幅と奥行――わかりにくさのグラデーション……107
第八章　文章のふくらみ――余情と背景……129
第九章　開閉の妙――冒頭の仕掛けと結びの残像……149
第十章　文は人なり――文体を語る作家の肉声……165

第一章　この人この文——表現の奥の人影

1

私は、この事を、文学というものは、君が考えているほど文学ではないだとか、文学を解するには、読んだだけでは駄目で、実は眺めるのが大事なのだ、とかいう妙な言葉で、人に語った事がある。

――小林秀雄《こばやしひでお》『井伏君の「貸間あり」』

はるかな昔、筑摩書房の月刊雑誌『言語生活』に、創作のいわば密室の声を聞き出そうと、一年間連載した作家訪問の企画（のちに『作家の文体』として筑摩書房より刊行）の最終回として、秋深く鎌倉雪ノ下の小林秀雄邸を訪ね、この批評家にこっぴどく叱られた。「最後に、日本語観ということで、日ごろ文章を書きながら、肌で感じていらっしゃる日本語の性格ですね、便利な点、不便な点というあたりを具体的にお話しいただけませんでしょうか」と水を向けて、インタビューを結ぼうとした瞬間だった。

それまで穏やかな調子でざっくばらんにしゃべっていた小林は、さっと顔色を変えて、「国語というものをそんなふうに問題にしちゃいけない」と激しくさえぎり、「国語問題は僕らの外部にはない、国語は僕らの肉体なんだよ」と叫んだ。インタビュアーの傲慢さ、あるいはさらに日本語というものを問題にする人間の思い上がりをいましめる大きな声が、広い応接間にこだました。

井伏鱒二《いぶせますじ》が『風貌・姿勢』中の「小林秀雄」という短い文章で、日ごろは小さな声で話すが、「昂奮して来ると、十倍くらい大きな声で饒舌《しゃべ》る。酒をのむと四十倍くらい大きな声になる」と書いている。あの折は酒が入っていなかったから、おそらく二十五倍ほどの声だったはずだが、現場では三十倍の響きに聞こえたかもしれない。

だが、立場上、声の大きさにひるんでいるわけにはいかない。大岡昇平《おおおかしょうへい》の家庭教師をしたと伝えられるほどフランス語が堪能で、しかもフランス象徴派の影響を受けたはずのこの批評家に、関係詞がなく、時制《テンス》がかなり心理的で、漢字表記か仮名表記か、あるいはどの漢字を用いるかという正書法が確立していない現代日本語の性格が、論理を運ぶはずの氏の文章にどう作用するかを問うつもりだったと、覚悟をきめて弁明した。若きことば屋のぶしつけな質問が小生意気に映ったにちがいないが、言語学者の態度が自分のような作家と違うのは当然だと、思いがけず静かな声が返って来た。事はどうやら穏やかに済んだが、現代人の思い上がりをたしなめる大きな声が、今も胸に響きわたる。

詩と批評の近接をくわだてた小林秀雄は、批評する人間の姿が対象のうちにくっきりと映り、息づかいの聞こえる近代批評の方向を切り拓いた。そうして、まさに詩精神のみなぎる批評文自体が文学的鑑賞に堪える文章をつづった。「論理とは言語表現の一形に過ぎぬ」と明言した小林が、もしもあの啖呵《たんか》を切るような表現を廃し、同じ論理をめりはりのない文章でたどろうとしていたら、それこそ論理の構造まで変質していたかもしれない。

あの日、「自分の批評を後から読んでみても、褒めた時のほうが文章としていい」、「他人《ひと》を貶《けな》した時は駄目」だと評し、それは「褒める時には必ず感動がある」からだとその理由を明言した。「分析してる間は論理」であって、「そこへ感情が入って来ない」、「そういう分析的な論理じゃどうしても言い表せないものが、まずなきゃ、批評の文章はできない」というのだ。「まず感動がなきゃ、僕の批評はなかった」と結んだあの甲高い語りの声が、今も耳の奥に残っている。

この小林秀雄、小さな声だから軽い話とは限らない。公式インタビュー終了後の雑談で、自身の病気の話も飛び出した。夕方になるときまって胃が痛む。酒を飲むとその場はおさまるのだが、そのうち酒でも痛みがひかなくなって、やむなく診察を受けると、胃潰瘍だから、たばこがよくないと診断されたという。覚悟をきめて廊下に出ると、その医者が「おーい、忘れ物だ」と追いかけて来る。見ると、自分がさっきまで吸っていたピースの箱だ。禁煙するから要らないのだと応じると、「逃げる気か、そんな料簡じゃタバコはやめられん」。いつでも吸えるように、たばことマッチと灰皿とを脇に置いて、それでも吸わないでいられるだけの意志がなければ、そんな禁煙なんか本物とは言えないということらしい。

こんな一例でもわかるように、小林の話は雑談でも哲学が含まれていて、ずしりと重い。そのたばこをやめるには二の字のジンクスがあるという。金輪際吸うまいと固く決心しても、二時間たつと吸いたくなる。そこを何とか切り抜けると、今度は二日後に猛烈に吸いたくなる。あれこれ気を散らしながら、そのピンチを何とか我慢して切り抜けると、次が二週間後だったか、あるいはすぐに二ヶ月後だったか忘れたが、ともかくそこが最後の難関だという。自身の体験なのか、人間一般の心理なのかは不明だが、その二ヶ月後を無事にやり過ごせれば、二の字のジンクスも二年後にまでは及ばないから、もう大丈夫だと請け合った。ひょっとすると、たばこを休んで三ヶ月目に入ったと自己申告したインタビュアーを励ますいたわりのことばだったかもしれない。たしかに二〇年目のジンクスはなく、あれから四〇年後の今も休煙が続いている。

冒頭に掲げた一文は、この稀代《きたい》の批評家小林秀雄の文章のほんの一例だが、ここにもその片鱗がうかがえる。

この一文を一度もひっかからずに読んで、すんなりと文意をつかむ日本人はめったにいないだろう。この批評家の文章を読み慣れない読者は、途方に暮れるだけでなく、反発を感じるかもしれない。世の常識に合わないどころか、道理に反するとんでもない主張に見えるからだ。が、人がとまどうのは、その内容というより、小林秀雄らしい《逆説》的な物言いのせいであることに注目したい。この独特の文体が、その奥にある主張を力強く推進する跡を、以下、具体的な分析でたどってみよう。

この一文、どうしてもひっかかる箇所は、次の二つの表現だろう。一つは、「文学は文学ではない」とする論理的に矛盾する流れ、もう一つは、「文学は読むよりも眺めるほうがよく理解できる」とする、常識から遠くかけ離れた判断だ。

まずは前者。小林のこのくだりに全身で得心が行くためには、この批評家が一時期、専門の文芸を離れ、骨董品にのめりこんだ頃にさかのぼらねばならない。ここで興味深い事実にふれておこう。井伏鱒二に『珍品堂主人』という小説がある。学校の先生くずれの骨董屋が料亭の支配人となって店は繁昌するが、金主の紹介で顧問格に迎えた女に弱みをにぎられていびられ、心血を注いだその店からとうとう追い出されてしまう。そうして、傷心のまま風に吹かれたようにふらりとまた骨董の道に舞い戻る話である。

東京荻窪の井伏邸を訪れた折、その作品に登場し、骨董は女に似ているという持論を展開する来宮《きのみや》という学者は、実は小林秀雄がモデルだと、作者自身の口からうかがった。「骨董も女も惚れてない人には一文の価値もない。惚れてるから夢中になる。彼、夢中だったからね」と笑う井伏に、わかっていながら「どっちに夢中だったんですか、骨董の方ですか」ととぼけると、井伏は几帳面にわざわざ「骨董の方に」と念を押し、「小林君は昔、茶碗が欲しくて家を売ったり、それから刀の鍔《つば》に凝って、鍔は人間の象徴だとか一所懸命理屈つけて、方々に鍔を見に行く。今は勾玉《まがたま》かな」と、それからそれへと井伏の話ははずんだ。当人に会う前に小林秀雄の逸話を耳にした、そんな遠い昔をふと思い出した。

小林のこの文章に、「形というものだけで語りかけて来る美術品を偏愛して、読み書きを廃止して了《しま》った時期」とあるが、井伏が語ったのはきっとそれに呼応する逸話だったのだろう。「形から無言の言葉を得ようと努めているうちに、念頭を去らなかった文学が、一種の形として感知されるに至ったのだろう」という注目すべき一節を併せて参照すれば、「形から無言の言葉を得ようと努め」るというのは、例えば心惹かれる鍔や壺などの美術品を眺めながら、それでも「文学という観念が私の念頭を去った事はない」と言い放つこの批評家が、そこから文学とも通い合う何らかの美的なメッセージを感じ取ろうとした姿勢に通ずるのだろう。

文学の世界から一歩も外へ出ようとしない相手に向かって、そのことを、「文学というものは、君が考えているほど文学ではない」といった乱暴な言い方で刺激的に伝えようとするのが、大鉈《おおなた》をふるう小林流の表現スタイルなのだ。みずから「妙な言葉」と評するとおり、表面的にはほとんど「文学は文学にあらず」と主張しているわけであり、通常の意味では明らかに論理矛盾を来している。

これが凡庸《ぼんよう》な書き手の一文であれば、読者はそんな馬鹿なと一蹴すれば、それで事は済む。だが、この相手は、批評活動がむしろ創作活動全体をリードしていた昭和初期の中心的存在で、以後も批評界で主導的位置に立ち続けた、あの天下の小林秀雄だ。そんなナンセンスな内容を書くはずがない、きっと何か深い意味があるにちがいないと読者は考える。ほとんど因縁をつけるに等しいこの暴力的な言辞が、それでも全体として筋が通るように導くには、何か手品のような解釈が必要に思われる。

「文学は文学ではない」として、そこにあえて反復使用された「文学」という用語に注目しよう。もしもどちらの「文学」という語もまったく同じ意味であれば、全体として矛盾する単なるナンセンスな駄文にすぎない。もし全体として筋が通るとすれば、その「文学」という二つのキーワードに別々の概念を想定したときだ。一方の「文学」が、世間で文学と呼んでいる分野や作品、あるいは、小林の愛用語である「世人」が文学と思い込んでいる対象をさし、他方の「文学」が、本来の文学、文学の本質、あるいは、真正の文学が発散する芸術的な美のメッセージをさすと考えてみるのである。順序はその逆でも論は成り立つ。

最初からそんなふうに解説的に述べておけば、意味がすんなりと伝わりやすい。読者がそんな綱渡りの解釈に挑戦する必要もなく、穏やかに進行するだろう。だが、半面、表現の力感が著しく損なわれて、このような圧倒的な迫力で読者に迫り、その印象に深く刻まれることもなかっただろう。

「文学を解するには、読んだだけでは駄目で、実は眺めるのが大事なのだ」という、もう一つの違和感たっぷりの表現も、おそらく文学という枠を超えて美術の分野に遊んだ小林の美の体験から来る実感だったのだろう。頭で理解するだけでは不十分で、全身の神経を集中させて対象に向かう、美のメッセージはそういう中で姿を現すのだという、ある種、神秘的な体験があったからではないか。なぜか、そんな気がする。

だが、母親からも学校の先生からも、本はちゃんと読みなさい、眺めてたってしょうがないでしょう、と注意されながら育つ一般の人間にとって、「読む」ことこそ正統の行為であり、

「眺める」ことは邪道。この大胆な表現に、そういう既成の価値観はみごとに逆転され、人は驚愕する。度肝を抜かれた読者は、あの小林秀雄という日本の叡智《えいち》が的外れの言説をふりまわすはずがないと信じ、何とか筋の通る情報を探しあてようと、さまざまな解釈を試みるだろう。

そこでまず、評価の逆転した「眺める」という動詞の意味を、深いところであれこれ探ってみるかもしれない。どうも、ただぼんやりと見ていることではなさそうだ。単に論理的な情報をくみとるだけではなく、じっくりと読みこむことだろうか……少し距離を置いて作品の全体像をとらえようとすることだろうか……あるいは、作者があえて筆を控えた行間の意味を想像してみることだろうか……執筆過程での作者の心の動きを追うことだろうか……それとも、読みとった内容を深く味わい、自分なりに考えてみることだろうか……。

そう考えていくと、それらのどの解釈もみな、「眺める」という動詞の基本的な意味と反発しないどころか、その意味のうちに含まれているとも考えられることに気づく。が、そのような意味は最初からそこにあったわけではない。あえて矛盾をはらむ表現を突きつける大胆な筆致に触発され、いわばこの批評家のたくらみに応じて、読者自身が積極的な読みを試みて発掘した意味である。考えていく過程で自覚した解釈だったことに、当人もやがて気づくかもしれない。そのころには、そのような多様な読書行為の象徴が「眺める」であったかと納得し、ささくれた表現に対する抵抗感はすでに消え去っていることだろう。

筑摩書房の講座「日本語の表現」第五巻にあたる編著『日本語のレトリック』で「文体の中にある表現技法」と題して、小林秀雄の文体とレトリックを論じた。その稿末に、新聞を見て驚いた長男が「お父さん、小林秀雄が死んだよ」と大きな声を出したことを付記。「小稿が頭ごなしの叱正を望めなくなったのは淋しい」と、校了間際に書き添えて、ささやかな感想をその霊に捧げると結んだことを思い出すのである。

第二章　たった一言の威力

——思わず唸る名表現

2

「それじゃ、電話きるわよ。」と、しばらくの猛烈な沈黙のあとで彼女が言った。

――庄司薫《しょうじかおる》『赤頭巾ちゃん気をつけて』

たった一言で読み手をどきりとさせる表現。練達の士の文章には、しばしばそんな例が登場する。芥川龍之介《あくたがわりゅうのすけ》の『或阿呆の一生』の前に、旧制一高の同級生で以後も親交を重ねた作家久《く》米正雄《めまさお》宛の手紙が添えてある。服毒自殺決行の約一ヶ月前に、作品の発表の可否やその時期・機関を委ねた内容だが、その中に、「僕は今最も不幸な幸福の中に暮らしている」という一文が現れ、「しかし不思議にも後悔していない」と続く。

その後に執筆した同じく遺稿である『或旧友へ送る手記』に「将来に対する唯《ただ》ぼんやりした不安」と記した心境だ。そういう気持ちに包まれて死を選ぶ「不幸」、しかしそんな中でもひとしきり訪れる心の平安をかみしめる「幸福」、もしもそんなふうに解するなら、「不幸な幸福」などと、本来は両立しないはずの概念を結びつけたこの強引な表現も、それなりに意味が通るかもしれない。

筒井康隆《つついやすたか》の『火星のツァラトゥストラ』に、いろいろなツァラトゥストラ関連グッズが登場する。その中でも、「ツァラトゥストラふりかけ」という名称の商品には笑ってしまう。ニーチェの思想書の主人公ツァラトゥストラの名が、まさか炊きたての飯に振りかけられるとは思ってもみないからだ。この例では必ずしも矛盾するわけではないが、あまりにとっぴな異例の結びつきに読者はあっけにとられる。

横光利一《よこみつりいち》らとともに、新感覚派と称された文学運動から出発した川端康成《かわばたやすなり》の場合、その運動から脱皮したあとの小説『雪国』でも、表現にこの種の異例の結合がしばしば現れ、時に華麗な火花を散らして読者を驚かす。視覚と味覚との融合した「円い甘さ」のほか、「静かな嘘」「透明な儚《はかな》さ」のように抽象体を感覚化する例、「なつかしい悔恨」「美しい徒労」のように心情や評価に導かれる抽象名詞の例など、はっとするような結びつきが散在して、時にまぶしく、読者は眼をしばたたく。

同じ作品に「涼しく刺すような娘の美しさ」という例も出る。温度感覚と触覚との一体化する例だ。「悲しいほど美しい声」という表現は、感情と感覚的評価との融合である。「しいんと静けさが鳴っていた」という矛盾がらみの感覚的表現も出てくる。さらには、「静けさが冷たい滴となって落ちそうな杉林」のように、聴覚が温度感覚を介して視覚と結びつき、しっとりとした描写を実現する例もある。このような感覚と心情と抽象の間を自由に往来する先鋭的な手法を含め、その表現の高度な摩擦が愛好者を酔わせて、川端文学のとりこにする。一方、感覚的に同調できない読者を置いてきぼりにし、生理的についていけない読者をはじき出す。そんな副作用を併せ持つ文芸的な麻薬の魅力なのかもしれない。

冒頭に掲げた庄司薫の例はこんな場面である。女の子とテニスをやる約束をした主人公の「ぼく」が、廊下に置いてあったスキーのストックで生爪を剝がし、取り消しの電話を入れたものの、うまく話を切り出すきっかけをつかめないでいる。ぐずぐずしているうちに、先方が「めったやたらと嬉しそうにしゃべり始めた」。こうなると、しばらくは聞いているほかはない。「世界で一番最初に、純粋に形而上的な悩みから自殺した」「ヴェスヴィオスエンペドクレスの逸話にいたく感動したらしく、すっかり勢いづいて話しかけてくる。「ヴェスヴィオスの火口に身を投げた」の火口に身を投げたんだけど、あとにサンダルが残っていて、きちんとそろえてあったんですって」と話しながら、相手の女の子はいかにも感に堪えたような声を発するのだが、聞いている「ぼく」のほうは、「それほんとうかい、すごいなあ」という調子の応答をする気分ではない。

ぶっきらぼうで熱のこもらない応対を続けているうちに、先方は次第に機嫌を損ね、とうとう、「いまの気持ちをお伝えすれば、舌かんで死んじゃいたいわ」という段階に達する。こういう最後通告を突きつけられた「ぼく」は、こうなってては、「もう何をやってもことを悪化させるだけ」だと思い、覚悟をきめて口をつぐんでいた。すると、しばらくして相手の女の子は、「それじゃ、電話きるわよ」とすこぶる不機嫌な声をしぼり出す。

作者はそこに、「しばらくの猛烈な沈黙のあとで彼女が言った」と記している。この「猛烈な」と「沈黙」との想定外の結びつき、そのいわば《異例結合》に、読者は一瞬はっとする。「沈黙」という現象には動きの要素がないから、本来は、「猛烈な」といった連体修飾語が先行するはずはないからである。

だが、相手がその最後通告を突きつけてから、そう断って実際に電話を切るまでの、おそらく数秒ほどの間が、そういう原因をつくってしまった「ぼく」には、喩《たと》えようもなく重苦しい。まことに耐えがたい思いがしたことだろう。その何秒間かの、何とも不気味な感じを、この「猛烈な」という異例の連体修飾語が、実にたくみに、体感的に伝えてくる。

動きをともなわないはずの沈黙状態が、向こう側で受話器を握る人間に、何とも言えない威圧感を与える、その雰囲気を、「猛烈な」という異例の一言が、みごとに演出しているのだ。そういう伝達上の機能を果たすからこそ、「これであいつとはまた軽く二週間は絶交が続くだろう」と「ぼく」は覚悟し、読者もまきぞえでそういう臨場感を味わうのである。

3

巻き方が固くて、特に縁のところが締まっている為、何だか首を上の方に引き上げられる様でもあり、又首だけが、ひとりでに高く登って行く様な気持もして、上ずった足取りで家に帰って来た。

——内田百閒《うちだひゃっけん》『掻痒記《そうようき》』

何分遅れて授業を始めたかに神経をとがらせ、評価のむずかしい講義内容よりも、客観的に測定できるしゃべった時間を問題にする、こんな世知がらい今時とは違い、昔の大学では、学生が一年間に何を学びとったかという大きなスパンで教員を伸びやかに評価していたような気がする。そういう雰囲気では、仰々しい「休講掲示」などというものを不粋とし、一切無視する教授も少なくなかった。

さらに古くは、逆に「出講掲示」といった小粋な札が掲げられたと聞く。本日あの大先生の講義があると予告するのだ。当然、あるほうが珍しかったからだろう。やたらに忙しがっている今の人間にはとうてい信じられまいが、これは誇張ではなく、夢のような実話らしい。

極端に《誇張》した大げさな表現は一般に笑いを誘いやすい。井上《いのうえ》ひさしの『モッキンポット師の後始末』に出てくる、「支配人は総金歯をにゅっとむいて笑ったので、あたりが黄金色に目映《まばゆ》く輝いた」といった一文などはその典型だろう。

青春小説の旗手として知られた三田誠広《みたまさひろ》の『やがて笛が鳴り、僕らの青春は終わる』にこんな場面がある。「松原が「ベストメンバー」とタイコ判を押した女たちは、どれもこれも、ひどいものだった」と概括し、「だいたいこいつらは、まともな言葉を喋《しゃべ》らない」として、その具体像を、「あらーァ」とか「へーェ」とか「ほォんとォ」とか、「五つか六つの感嘆詞を発するだけ」だと例示したあと、「玩具のおしゃべり人形の方が、もっとヴォキャブラリーが豊富なのじゃないか」と感想を述べている。

その「おしゃべり人形みたいな、無邪気でけたたましい女の子たち」が、実際にどの程度の表現語彙を身につけていたか、むろん正確には測定できない。しかし、「モチよ。サブちゃんが帰ってきたんだもーん」だとか、「だってェ。ハンサムで、スポーツマンで」だとかといった調子の、きわめて情報量のとぼしいことばをはさむだけで、「うふっ、やーねェ」でおしまいになる女が「比較的マシな方だ」というのだから、おおよその見当はつく。

一方、おしゃべり人形の語彙量は、機械の進歩とともに年々増えるはずだが、ここは近年話題になるロボットでなくあくまで玩具の話だから、もし両者の言語能力を比較すれば、問題なく（多分）その女の子たちに軍配が上がるはず。だが、こういう誇張が読者を楽しませる。

内田百閒の随筆『搔痒記』にこうある。頭のおできがひどくなって、「言語に絶する」ほどの痒《かゆ》さにたまらず、大学病院で治療を受ける。そういう患者が寄り集まる皮膚科の待合室などは、気のせいか床までじっとりと濡れているようで気味が悪い。心理的な感覚だ。だが、いざ治療が始まってみると、むしろ爽快な感じさえ受けたらしく、鋏《はさみ》で髪を刈られるときの印象をこう書いている。「やり方が痛烈を極め、髪の毛を切っているのだか、頭の地を剪《はさ》み取っているのだか、よく解らなかった」という。感覚的に両者の区別がつかないはずはないから、ここの表現にもかなりの誇張が含まれているのだろう。

問題はこのあとだ。治療が終わって、看護婦に包帯を巻いてもらい、「白頭巾を被った様な頭」になるのだが、冒頭に掲げた一文は、そういう頭で帰宅する折の気分を描いた箇所である。「首を上の方に引き上げられる様」の部分はともかくも、「首だけが、ひとりでに高く登って行く様」と記した箇所は、明らかに誇張されていると考えていい。感覚的には納得できるものの、そんなふうにぐんぐん背が伸びることなど現実に考えられないからだ。

それに続く「上ずった足取り」というとらえ方も、その折の書き手が、読者の感覚をくすぐり、それぞれの体験を呼び起こして、笑いが波紋を広げていく。

4

鏡の余白は憎いほど秋の水色に澄んでいる。

――幸田《こうだ》文《あや》『余白』

年齢を加えるとともに、むしろ清楚な感じの際立つ、あの和服姿から、おのずとこの作家のしなやかな立ち居ふるまいが想像された。それに、あの表現。幸田文愛用のオノマトペで形容すれば、ぴんぴんした感覚で、ぴしりと描ききる、しゃきっとした文章である。

あの作家訪問の連載企画の折に、ぜひともこの幸田文の話を聞きたいと思いながら、その夢のついに叶わなかったことが、今でも残念でならない。『幸田文全集』の月報にも記したとおり、体調すぐれず、また、自分の文章について格別話すこともないから勘弁してほしいとの返事だったらしいが、ことばにまつわる気楽な雑談でいいからと、再度お願いしていたら、あるいは、と今にして思う。が、若かった当時の自分にそんな芸当は思いつくはずもなかった。

『蜜柑の花まで』という随筆は、酒の支度をした思い出をたぐりつつ、《季節感》を掬い、父幸田露伴《こうだろはん》を偲《しの》ぶ一編である。雪の降る日に温かい鍋ものをと思うのは人情だし、実際うまいにちがいないとしながら、この作家は、雪の日だからこそ、「むしろ潔く青い野菜などが膳へつけたかった」という。「潔く」と感じるあたりに人となりがちらつく。

三月末の山形への旅についても、「あちらはまだ梅の蕾がようやく膨れ」と書き、「桜の幹もいくぶんてりを持ちはじめたかな」という気候と続ける。桜の木が蕾をつけ、それがふくらみ始める直前に、幹に照りが現れるといった微かな徴候を、こんなふうに敏感に感じとるというのも驚くべきセンスだ。

同じく随筆『えんぴつ』には、「朝飯のまえに飲むお茶の茶碗の、いかにも使いなれてつるんとしているなあなどと思わせられると、秋」とある。読んでいて、こういう季節の感じ方読者はすごみさえ感じるが、結局は感覚的に納得する。

冒頭に一文を抜き出した作品『余白』は、こんな随筆である。大柄な自分の全身を映すために、並外れて大きな姿見を購入して嫁入り道具とした。ところが大き過ぎて、引っ越しのたびに不器用にはみ出すため、「まぬけ鏡」と呼び、そこに映る季節を楽しんでいる。

今度、部屋を少し広げて、散らかっているがらくたを片づけ、やっとすっきりしたと思って部屋を眺めると、部屋の中に大きな鏡が残っている。寸法まで測っておきながら、ついその置き場を失念したうかつな主のせいで、またもやはみ出すこととなり、かわいそうな感じもする。

鏡面いっぱいに姿を映してきた大柄な主人公も、年齢とともにその量感が少しずつ失われてきたらしく、気がつくと、自身の映像の周囲に思わぬ隙間ができている。それを画面の「余白」に見立てて眺めると、思いがけずそこに秋の空が映っている。

　そこまで読んできた読者は、その空が「水色に澄んでいる」ことを伝える前に、作者が「憎いほど」と書いたことにはっとする。余白の目立つほど、いつのまにか肉体の衰えが進んでいたことに気づいて複雑な思いのよぎる女性が、澄みきった秋空のあまりの美しさに、思わず軽い嫉妬を覚える、その奇妙な反発の気持ちとともに、みごとに季節感を掬いあげた、それこそ、「憎いほど」の一文である。

第三章　風景、人、心、そして時間

——描写の手法

5

他の蜂が皆巣《みんな》へ入って仕舞った日暮、冷たい瓦の上に一つ残った死骸を見る事は淋しかった。

——志賀《しが》直哉《なおや》『城の崎にて』

名文として知られる志賀直哉の『城の崎にて』は、冒頭で、作者自身が山手線の電車にふれて怪我をし、その後養生《あとようじょう》のために城の崎温泉に来ていることを述べている。ひとつまちがえば死んでいたかもしれない事故だったから、まさに死と隣り合わせの一瞬を体験したことになる。生きものの命というものを、ふつうの人のように観念的にではなく、それこそ体感的にとらえうる心理的環境にあったと言えるだろう。そのことが、この作品の底をひっそりと流れる独特の死生観の根底をなすことは疑えない。

語り手は円山川で人間にいじめられて逃げまどう鼠《ねずみ》の残酷な姿を見かける。「首の所に七寸ばかりの魚串が刺し貫《とお》して」あり、「頭の上に三寸程、咽喉《のど》の下に三寸程」それが出ていて、石垣へ這いあがろうとすると、それがつかえる。そこに岸から石を投げられてまた水に落ちる。「死ぬに極った運命を担いながら、全力を尽して逃げ廻っている様子」が妙に頭にこびりついて離れない。

そんなあがきを目撃して心を痛めた日から、しばらく経ったある日、小川のほとりで蠑螈《いもり》を見つける。「驚かして水に入れようと」、狙いもつけずに投げた小石が偶然にもその蠑螈に当たって死んでしまう。思いがけずも目撃してしまった、その死のようすを、「石の音と同時に蠑螈は四寸程横へ跳んだ」とか、「蠑螈の反らした尾が自然に静かに下りて来た」とか、「傾斜に堪えて、前へついていた両の前足の指が内へまくれ込む」とかと、驚くべき観察により正確に描写するのだ。そのとき、「自分は偶然に死ななかった。蠑螈は偶然に死んだ」と深い思いに沈むのも、みずからの体験があったからである。

冒頭に掲げた一文は、谷崎潤一郎《たにざきじゅんいちろう》が当時のベストセラーとなったその著『文章読本』で引用し、日本文の簡潔調の「見事なお手本」と評して、そのすばらしさを絶讃して以来、名文の見本として長く読み継がれてきた一節の一翼を担ってきた。このあたり、一語一語が数倍の価値を帯びて紙面が光るとまで説く、谷崎の筆は躍っている。

このような文章がまぎれもない名文の一例として、長い間にわたって不動の地位を占めてきたのは、何よりもまず、対象となる事柄を自分の眼できっちりととらえ、その事実の奥に流れる生きものの哀しみを、自然な感情のうちに素直にくみとった、その表現の深さのせいであったろう。

この冒頭に掲げた一文の直後に、「然《しか》し、それは如何にも静かだった」という短い一文が続く。この二つのセンテンスは、まさしく情景と心情との溶け合った《景情一如《けいじょういちにょ》》の描写のエッセンスだと言えるだろう。

蜂の死骸はやがて夜の雨に洗われて流されたらしい。今ごろはもう土の下に入ったかもしれない。あの鼠は水ぶくれの体をごみといっしょに、どこかの海岸に打ち上げられただろうと想像してみる。こういうふうに、生きもののいくつかの死を見とどけると、あの折に死ななかった自分が、今こうして歩いているという現実が、なにか不思議に思えてならない。

感謝すべきことと知りながら、どうしても喜びの実感が自然に湧いてこないのだ。「生きて居る事と死んで了っている事と、それは両極ではな」いような気がするのである。

生きものの哀しみをかみしめながら、すでに足もとの暗くなった路を、温泉宿のほうへ帰って行くと、「遠く町端《はず》れの灯が見え出した」という作品末尾近くの一文。一見何でもない情景描写ながら、そこまで積み重なってきた作品の重みを担って、読む者の無防備な心に、深々としみ入るような気がしてならない。

6

柿《かき》の木の下へ行ってみると、そこにお母さんの大きな下駄がぬいである。

――坪田《つぼた》譲治《じょうじ》『風の中の子供』

同じものを見て、一人が三角だと言い、別の一人が円いと言ったら、少なくともどちらかの人間が見まちがえたか、嘘をついたかと、世間の常識では判断しやすい。だが、実際には、二人とも眼で正しく対象をとらえ、それをそのまま口に出しただけかもしれない。絵の遠近法からもわかるように、ものは、それを見る角度によって違った形に見えることもあるからだ。針はふつう線に見えるが、見る角度によっては点に見える。丸太も円に見えたり、長方形に見えたりする。

コンパスで描いた円も、斜めから見れば楕円に見えるように、どんな美人もゆがんで見えていると、昔、正木《まさき》不如丘《ふじょきゅう》が『ゆがめた顔』に書いている。美人の評価という微妙な問題には深入りしないが、たしかに、円錐《えんすい》は横から見れば三角で、真上から見れば円に見える。同じ日の同じ時刻の富士の姿も、静岡県側と山梨県側とではまるで違う。ものは、それを眺める位置や角度によって違って見えるものなのだ。

小説世界も、対象をとらえる位置や角度や距離、あるいは態度によって、けっして一定ではない。だからこそ、そこに作者の意図が反映し、さまざまな試みがなされる。

大岡昇平の『武蔵野夫人』に、「恋人達は水を好むものである」という格言めいた文が出てくる。この部分だけ読むと、恋をしている人間は情熱に燃えているから、どうしても咽喉が渇き、水分を補給したくなる、といった熱中症予防のキャンペーンの文句にも見えなくはない。が、ここは、恋人たちが出逢ってすごす場所のこと。海、湖、沼、あるいは川のほとり、池や噴水のまわり、というふうに、水辺をもとめてさまよう傾向があることを一般化して示したものである。

このように高い位置から全体を俯瞰《ふかん》する、いわば神に近い《視点》を採用するこの作品には、また、「困難な情事においては、女の恋はそれを職業か偏執とする女でない限り、なかなか過度には到らないものである」と法則化した感じの叙述例も現れる。近くも遠くも、過去も現在も知り尽くし、時には登場人物の未来をも予見できる位置に、作者が視点を定めた小説だからである。

大所高所から作品世界の全貌をとらえる、こういう客観的な視点とは逆に、作中人物のうちの特定の一人に視点を定め、作者がその視点人物に寄り添って、感じ、考え、語る作品もあり、日本の小説にはそういうタイプが多いとされる。

前章に登場した幸田文の作品『おとうと』もその一例だ。「川のほうから微かに風を吹きあげてくる」というふうに、「……てくる」と、その風を受ける位置に立つ人物に視点を置く表現もその一つ。通行人が「みな向うむきに行く」とあるのも同様だ。「向うむき」などというものは客観的に存在しない。通行人の歩みを、同じ方向に向いた人物が後方からとらえるから、「こちら向き」でなく「向うむき」となるのだ。

ある朝、中学生の弟の碧郎《へきろう》が腹を立てて、雨の中、傘も持たずに家を飛び出し、学校へと急いでいる。何とか傘を持たせようと、姉のげんが、自分も雨に濡れながら必死にそのあとを追いかけている場面だ。「その後ろ姿には、ねえさんに追いつかれちゃやりきれないと書いてある」とあるのも、実際にそんなことばが背中に書いてあるはずはないから、自分が急ぐと、意地になったようにさらにスピードを増してとっとと歩き去る弟の後ろ姿を見ながら、相手の気持ちを見通しているのである。

つまり、このあたり一帯は、どの表現も、作者が姉のげんに寄り添い、そこから見たり考えたりしている形で描写されている。そうすることで、読者もげんといっしょに弟を追いながら一喜一憂する気分で読むことになるのである。

川端康成の小説『千羽鶴』に、こんな場面がある。主人公の三谷菊治に宛てて、ヒロインの一人である文子が、すっかり取り乱したままに書き、切手も貼り忘れるほど夢中で投函してしまった手紙を、相手が読む前に取り戻そうと、その自宅まで押しかけたシーンだ。「お返しになって」と女が、相手の無造作に手にしたその手紙を取り上げようと身を乗り出す。男がとっさに手を後ろにまわしたので、女は思わずバランスを崩してつんのめり、あやうく相手の胸に倒れかかりそうになる、一つのクライマックスだ。

そこを作者はまず、「菊治に倒れかかってゆきそう」と、文子の背後から菊治を正面に見て描く。ところが、そのあと、「文子がぐらっとのしかかって来るけはいで」と、今度は菊治側に視点を移して描く。たった一度だけのその同じ行為を、川端は別の視点からくりかえし描いて、場の雰囲気と当事者の心の波だちを読者に投げかける。感動場面での視点の揺れる一例である。

冒頭に一文を掲げた坪田譲治の小説『風の中の子供』の視点構造をたどってみたい。この作品は、作者が子供になりきることで、作中の子供の姿を実に生き生きと描き出している。子供になりきると、文章は具体的にどう違ってくるのか、表現の実態を探ろう。

この作品は三人称小説の形をとっているから、典型的には善太と三平という兄弟を外側から眺めて客観的に描くはずなのだが、印象はまるで違う。作者自身が子供の眼でものを見、ともにうれしがり、恥ずかしがっているように、読者に感じられるほど、作中に臨場感が漂っているのである。

会話でない部分、作者の語る地の文にも、「お使」といった幼児語めいたことば遣いが見られ、「お母さん」「鵜《う》飼《かい》のおばさん」という呼称が現れるのは、作者が善太や三平という子供の立場で書いている証拠だろう。

善太の顔に「微笑がのぼる」でなく、「のぼって来る」となるのも、善太という当人の身になって書くからだ。「その辺を歩いて見る」という表現にも似たような視点を感じる。世の中に「その辺」などというものは客観的に存在しない。善太の位置に立つから、その周囲が「その辺」としてとらえられるのだ。

「茶の間にも、台所にも、奥の間にもいない」という表現は、一見、客観的であるように見えるが、当然のように「三平が」という主語が明記されない。ここは善太が、数日ぶりに自宅に戻っているはずの弟、三平の姿を求めて家中を探しまわっている場面であり、その善太にとって、「三平が」などという主語はわかりきっているからである。

また、単に三平の姿のない場所を列挙するつもりなら、このほかに居間や子ども部屋、両親の寝室から玄関や便所や洗面所や風呂場など、いくらもありそうだ。そのうち茶の間と台所と奥の間の三つが選ばれ、その順に並ぶのは、三平を探しまわる善太が見当をつけてそういう順に確認したからであり、善太の行動の軌跡をたどっているのである。

「玄関の帽子掛けにチャンと三平の帽子があり、その下に背おいカバンも置いてある」という箇所では、玄関の帽子掛けに三平の帽子が掛かっていて、その下に背おいカバンが置いてある、という事実はたしかに客観的に描かれているが、「チャンと」という副詞は違う。帽子や背おいカバンを見つけて、三平が帰ってきたという証拠がここにあるじゃないかと、息をはずませる善太のなまの気持ちを、この一つの副詞にこめて、作者は素知らぬ顔で地の文にしのびこませたのではないか。

だが、結局、家の中に三平らしい姿は見つからず、善太は庭に出てみた。すると、柿の木の根もとに女物の下駄がぬいである。その場面を描いたのが、冒頭に掲げた一文だ。一目見て善太にはそれが「お母さんの下駄」だとすぐにわかった。だから、作者は「お母さんの」と記したのだ。が、それに「大きな」という形容を加えたのはなぜだろう。

理由として考えられることはいくつかある。一つは、客観的に母親の足が大きく、そのサイズが二九センチなり三二センチなりに及ぶ場合だが、そんな新しい情報をこんな形でいきなり読者につきつけるのは不自然だ。それでは、善太という小学四年生の子供の眼に、普通サイズの女下駄が大きく見えたからだろうか。このほうがまだもっともらしい推理だが、もしそうだとすると、つじつまの合わないことが起こる。その前のシーンで、お使いから帰ってきた善太が玄関で発見した履き物を、単に「子供のくつと女の下駄がぬいであった」と書いているからである。同じ善太が、同じような大きさの女物の下駄を見たはずなのに、その大人用の下駄を「大きな」と感じなかったのは、それは大人の鵜飼のおばさん自身が履いてきたと考えたからだ。

だから、柿の木の根もとに見つけたお母さんの下駄も、もし母親が木登りをしていると善太が考えたら、ことさら「大きな」などと書く必要はなかった。木登りをしているのがお母さんではなく三平だと察し、小学一年生の小さな足でそれを引きずって来たと善太は判断したのだろう。三平の小さな足を頭に浮かべた善太の視点には、その普通サイズの女下駄が不当に大きく感じられる。作者は、その感覚を、現場の空気とともに、そのまま読者に届けたかったにちがいない。

この作品で、子供たちの姿が生き生きと感じられるのは、作者が、描く視点を操作して、時に子供の側から眺め、ともに感じ、考え、悩み、照れているからである。

7 そして、額ばかりではない。

——尾崎一雄《おざきかずお》『虫のいろいろ』

尾崎一雄は珠玉の心境小説を残した。例の作家訪問の雑誌企画で、小田原下曽我の尾崎一雄邸を訪ねた折、この作家のいわゆる心境小説と実生活との関係、恩師の志賀直哉との距離、ユーモア作法などを話題にした。最後に、文章表現についての信条を探るため、「男性的な文章」だとか、「したたかな大人の文学」だとかと評されることをとりあげて、あれは要するに「感傷がない」ということかと、誘い水を出した。

すると、はたして答えは単純明快、「愚痴を言いたくないんですよ」で、終わりだ。あとから「ああすりゃよかった、こうしとけばよかった」と愚痴をこぼす人には、誰に対しても、「もう止せ、済んだことはしょうがないじゃないか」と言うらしい。

その一例として、円地文子《えんちふみこ》の逸話が飛び出した。『私の男友達』と題するエッセイで、尾崎のことを円地が「見かけによらず(ごめんなさい)男っぽい人」と書いているのを引き合いに出し、「(ごめんなさい)って何ですか」と、尾崎は笑った。円地はそのあと、「いくら愚痴を言っても聞き流しで、慰めてなんかくれない」から、「愚痴の相手としてこんな頼りにならん人はない」とぼやいているらしい。「男だからって少しは愚痴っぽくて、くよくよするようでなきゃ小説なんか書けない」とまで、円地は書いているのだという。

要するに、「小説家の資格がない」と言うんだよと、尾崎は苦笑しながら、なるほどそうだ、自分の作品は「素ッ気なくて、ポンポン言うだけ」だから、それは認めると、その評をみずから受け入れる。

だが、「ただ、繰《く》り言《ごと》が僕は嫌いなんだ」と言って、「文章でもくどいのはいやですね」と続ける。人柄の話から文章の話に進み、さらに、「今の若い作家は自分の想像力をひけらかし過ぎる」と、時流に乗る文学作品の表現傾向に苦言を呈する、そんなざっくばらんな感想にまで発展した。

自分は「十のものを六、七ぐらい言っといて、あとの三、四は読者の想像力で補ってもらう、そういうやり方ですね」と、自己流の文章作法を披露し、「《余白》の意味を重要視するんですよ」と力をこめた。

そうして、「これは修業時代に受けた検閲の問題ともかかわりがある」と、話は昔に飛び、「読む人が読めば随分エロチックなことを書いてるのに、お巡りにはわからない」、そういう書き方と説明し、井伏鱒二や永井龍男《ながいたつお》もそれで苦労したから、あんなふうに文章がうまいのだと、名文家の由来を語った。

そんなことを、尾崎がポンポン弁じて、笑い合ったあとには、からりと乾いた風が吹いていた。作家の悪口も随分出たような気がするが、なにしろこういう調子だ、聞いたあとからすぐ忘れてしまったかもしれない。

ともかく、文章というものにとって、いかに余白が大事かはよくわかった。かといって、すべて省略しては文章が残らないから、問題は、どこまで書くかという具体的な兼ね合いである。例えば、一人が「やっと休暇になったから、俺は郷里へ帰ろうと思って、お前の所へやって来たのだ」と言い、相手が「そうか、もう休暇になったのか。でも、俺はこんどは郷里へ帰らないことにしたよ」と応じたとしよう。日常の対話として見れば、このやりとりは格別だらだらと長いわけではない。

だが、梶井基次郎《かじいもとじろう》は『冬の日』という作品で、ほぼ等しい情報を「休暇になったから郷里へ帰ろうと思ってやって来た」「もう休暇かね。俺はこんどは帰らないよ」と書いた。両者を比べると、字数にして四割五分ほど少ない。これでも別に不自然ではないから、それだけすっきりとしている。さすがプロの作家だけあって、省筆の呼吸が冴えている。

川端康成の小説『雪国』に、「いやだわ。一番肩の張るお客さま」という、ヒロイン駒子のせりふが出てくる。もしもこの情報を、背景を含めて正確にわかりやすく丁寧に伝えようとすれば、こんな言い方になるかもしれない。「このわたしがあなたの前で長唄を唄うなんて、考えただけでもいやだわ。だって、わたしは、知らない人の前では大きな声で唄えるのに、なじみの人の前になると声が出なくなるたちなのよ。あなたはわたしのなじみ中のなじみであるうえに、舞踊に関する研究や批評の文章までお書きになるほど、こういう道に素養のある玄人でもあるから、ほんとにわたしにとっては一番肩の張るお客さまだってことになるのですもの」といった、くだくだしい会話になりそうな内容を、川端は多くを文脈に委ねながら、言語量の九割以上を削ぎ落とし、わずか十数字の原文で、読者にすっきりと伝えている。

　尾崎一雄の心境小説『虫のいろいろ』のラストシーンから抜いた一文を、この節の冒頭に掲げてみた。まず、この作品と問題の一文の出てくる文脈を解説しておこう。戦後間もなく、病が一進一退をくりかえし、この作家が一日の大半を横になったまますごした時期に、それでも自然に眼や耳に入る虫の生態などを観察しながら、そこに人生を重ねて、生きものの哀しみを、半ばユーモラスに描き出した随筆タッチの小説である。

　そこまで蜘蛛《くも》や蚤《のみ》や蜂に関して観察し、あるいは見聞した話をつづってきた書き手は、最後に蠅《はえ》の話に入る。ある日、「私」がなにげなく眉を上げると、額でなにやら騒ぎが起こった。「額に出来たしわが、蠅の足をしっかりとはさんでしまった」のだ。世にも珍しい出来事と思ったのか、額をそのままの状態にして家族を呼ぶ。

真っ先にやって来た長男に、その動けない蠅を指でつまみ取らせ、「どうだ、エライだろう、おでこで蠅をつかまえるなんて、誰にだって出来やしない、空前絶後の事件かも知れないぞ」と、鼻高々に吹聴《ふいちょう》する場面である。

「へえ、驚いたな」と言って、長男が自分の額をなでているのを見て、「君なんかに出来るものか」と笑いながら眺めると、はたして、まだ二三歳と若く、かつ健康な皮膚には張りがあって、なかなか皺《しわ》がよらない。そういう艶々した肌を目にした父親の「私」つまり作者は、それにひきかえ、「私の額のしわは、もう深い」と記し、「そして、額ばかりではない」と続けた。

そこまで読んできた読者は、額ばかりでなければ、そのあとに何が来るかと、一瞬緊張し、「目尻も首筋も手脚も」と続くか、あるいは「顔じゅう」「体じゅう」などと続くか、さもなくば、肉体のみならず気持ちの張りも失って「精神的なしわ」などとでも続くのかと、あれこれ表現を思い描いてみるかもしれない。

すると、そこにはぽっかりと穴があく。この作家は突如としてそこで行を改め、家族ががやがや集まって来る場面に切り換えてしまうのだ。思いがけず目の前に現れたその情報の穴の前で、読者は一瞬とまどうが、やがてその空白部分を自分で埋めようと、自分の想像力をフル回転させて、積極的な読みを試みるだろう。

もしも作者が隙間なくべったりと書いてしまっていたら、読者にこういうとまどいが生じない代わりに、これほどのめりこむ瞬間も訪れなかった。これが、作者尾崎一雄のしつらえた意図的な省略であり、沈黙の修辞的な効果だったように思われる。

8

と、街にあふれている黄色い光のなかを、煌きながら過ぎてゆく白い条。

——吉行淳之介《よしゆきじゅんのすけ》『驟雨《しゅうう》』

あの作家訪問の企画は、この吉行淳之介から始まった。一年間連載のシリーズ第一回として、この作家が折から原稿執筆のために宿泊中だった、東京の帝国ホテルの一室に押しかけて、貴重な時間を割いてもらったのである。

インタビューの常道として、文学的出発というあたりから入ろうと、旧制静岡高校在学中に詩を書いていたと聞く、その話題をまず振り向けた。すると、すぐさま「あんまり思い出したくない程度」の作品だと謙遜しつつ、「詩の発想法と散文の発想法とは違う」ので、「詩に見切りつけて散文書こうと思った」その時期が苦しかったらしく、「文章らしいものを書いても散文詩に近くなる。どうやら散文風になるまで四年」もかかったという。

今そう書いていて、そういえばと、ふと思いあたることがある。このインタビューから四ヶ月後に鎌倉の永井龍男邸を訪ねた折、永井の文章に省略の多いことを指摘して話題にすると、当人もそれを認めたうえで、すかさず「吉行さんなんかも随分省略が多いでしょう」と言い、

「散文詩を書いてるんじゃないかと思うことがよくある」と続けた。吉行の内省はこの永井の感想と符合するのだろう。

こうなると、詩的な発想や表現から完全に脱却するには、とても「四年」どころではなかったことになる。この節の冒頭に掲げた『驟雨』の文章も、はたしてどうか。特にこの一文に始まる花街を襲う驟雨の描写など、これが散文かと首をかしげるかもしれない。

こんな場面だ。かつて東京都墨田区に実在した「鳩の街」を意識したと作者の言う当時の赤線区域、娼婦の街に突然雨の降り出すシーンで、この小説の題ともなっている。

ここの段落は、「高い場所から見下ろしている彼の眼に映ってくる男たちの扁平《へんぺい》な姿、ゆっくり動いていた帽子や肩が、不意にざわざわと揺れはじめた」という一文に始まる。一般に、高い位置から真下を見下ろすと、地面にあるものが平べったく見える。デパートの屋上、もっと典型的には高層ビルの最上階から地上を見下ろすと、人も車も押しつぶされたように薄っぺらに感じられる。そんな日ごろの経験からも、この「扁平な姿」ととらえる表現は、作者が「高い場所」にいる登場人物の視点で、眼下の通りを垂直に近い角度で見下ろしていることを読者に想像させる。

通行人の姿が「ゆっくり動いている帽子や肩」とあるのも、感覚的に正確だ。その位置から見れば、直接眼にふれるのは帽子や肩が動く形であり、それを人が歩くととらえるのは一瞬後の解釈なのだろう。にわか雨に気づいて通行人があわてて小走りになるのを、「揺れる」という動詞で表すのも、その視角からの《感覚的把握》を、解釈を交えずそのまま描くからである。

いきなりポツンと落ち始め、間遠にポツン…ポツンと「点」として落ちていた雨も、見る間に「線」に変わる。この小説の作者は、それでもまだ「雨」という文字を記さず、そこに、見出しに掲げたあの一文を記すのだ。「突然、雨が降り出した」などと概念的に説明する文章とは対蹠《たいせき》的に、あくまで視点人物の感覚に映るままに描き出すのである。

「と」という文頭の接続詞も、「そうすると」はもちろん、「すると」よりもさらに、気づく際の瞬間性を強調する感じが強いだろう。

「雨」という解釈を示す前に、その通りの街灯や店の照明や広告のネオンサインなど、「街にあふれている黄色い光のなかを、煌《きらめ》きながら過ぎてゆく白い条《すじ》」と、上から通りを見下ろしている男の眼に映ずるさまを、解釈を加えて概念化することなく、ほとんど感覚のままに言語化した描写である。

「白い条。」と名詞止めにした弾むようなこの一文の直後に、「黒い花のひらくように、蝙蝠《こうもり》傘がひとつ、彼の眼の下で開いた」という比喩表現を軸とする一文が続く。その現場をもしも横から眺めていれば、「通行人の誰かが黒い傘をひろげた」と書きそうな一景である。しかし、ここは、「彼」が高い場所から垂直に近い角度で見下ろしている場面だ。その視点人物の眼に、人が傘をさす行為とともに実現する、いわば線から面への変化が、つぼみのひらく開花のイメージとして映じたのはごく自然であり、別に不思議はない。

このような感覚に即した描写の熟しきるのを待つように、作者はここで改行し、はじめて、「町を、俄雨《にわかあめ》が襲ったのだ」という状況判断を記すのである。名文家として玄人筋をうならせるあの永井龍男が、まるで散文詩のようだと目をみはるのは、例えばこういう文章だったろうか。あくまで感覚的に描きとり、それこそ詩のように省略を利かせた、風とおしのよい爽やかな散文という印象が残る。

独特の感覚的把握として、もう一例、幸田文の小説『流れる』から、「狭い階段に肥りじしのからだは空気を濃くするような感じがある」という一文をとりあげておこう。

「太る」のも「肥える」のも、どちらも肉がついて体重が増すという人間の体つきの変化をさすが、「太り過ぎ」のほうが不健康な連想を誘いやすい。「肥える」という動詞には、「土地が肥えている」というふうに肥沃というプラスイメージをともなう用法もある。この例では、「ふとる」に「肥」の字をあてて、マイナスイメージを薄めた感がある。「肥りじし」の「しし」は「肉」という意味で、「肥りじしのからだ」で肥満体をさす。

場所は、芸者の置屋《おきや》だから、当然、古い和風建築の二階家を思わせる。西欧風の近代的なホテルなどとは違って、二階へは幅の狭い階段が通じているのだろう。いくら狭い階段でも、人間がそこを通ったからといって、その空気が圧迫されるはずはないが、狭い空間を肥満体の女性が通り抜けると、あたかもその場所の空気が圧搾されていくぶん濃くなるような感じを受けるかもしれない。

むろん、そんな空気の濃度を計測できるはずはないとわかってはいても、眺める側の心理的な圧迫感を、この作者は読者にそういう表現で、実にたくみに体感的に伝えてくるような気がする。

9

ひっそりうずくまっていた時間が急に息を吹き返し、一筋、風が通り過ぎていった。

――小川洋子《おがわようこ》『夕暮れの給食室と雨のプール』

日本人は、正月の空を、特に「初空《はつぞら》」と呼んで、新しい気分にひたる。江戸時代後期に、庶民の生活感情を、時に斜めにとらえた俳人小林一茶《こばやしいっさ》は、「壁の穴や我初空もうつくしき」と、みずからの貧しい暮らしの象徴として「壁の穴」を持ち出し、そこから見えるわが家の初空も存外捨てたものではないと興じた。

秋になると、「うつくしや障子の穴の天の川」と、今度は破れ障子からのぞき見える銀河をほめ、やはり一茶は、貧しさを楽しんでいる風情を見せる。

その前の夏の季節には、日本ではきっと、団扇《うちわ》の風が客へのささやかなもてなしだったにちがいない。もちろん、大空を吹きわたり、繁った木々の間をすり抜ける、自然の緑の風が、爽やかさを運び届ける何よりの贈り物だったことだろう。

だが、いくら世の中に涼しい風が吹きわたっていても、自分の住んでいる家まで吹いて来なければ、そういう恩恵にはあずかれない。大店《おおだな》の建ち並ぶ表通りを吹きぬける風も、その広い通りから狭い路地に入り、また曲がって、さらに細い路地まで達するころには、さすがの涼しい風も心なし生暖かく感じられたかもしれない。そういう路地の奥の長屋住まいを、一茶は「涼風《すずかぜ》の曲がりくねって来たりけり」と、ひねくれてみせる。

どの句にも作者の人柄がしみこんでいるが、一茶の場合は、ひがみを文学にしてみせる斜《しゃ》に構えた季節感がおかしく、その遊び心が読者をとりこにする。

時代は下り、室生犀星《むろうさいせい》にも、「わらんべの洟《はな》も若葉を映しけり」といった、意表をつく一句があって、思わず読者の口もとがほころびる。子供が鼻の下にたらしている洟水に、よく見ると、背景の若葉、その新緑が映っているというのだ。おそらくこれまで誰も考えたことのない「洟水」と「若葉」との出あいが新鮮だ。読者にとっても、まったく思いがけない美と醜との一瞬の交差、それは自然と人との偶然のめぐりあいでもあった。

この節の冒頭に見出しとして掲げた一文は、さりげない季節感のうちに《心理的時間》を描きとった、象徴性の高い一行と言えるだろう。

主人公の「わたし」は、周囲の反対を押し切るように結婚をきめ、やがて夫と二人の新居とするはずの家に、ジュジュという愛犬を連れて、一足先に住み始める。三週間後には、二人だけで式を挙げて、ここに住むことになるので、それまでにあちこち家の手入れをし、生活用品もひととおりそろえておかなければならない。

そんな気ぜわしいある雨の日に、玄関のブザーが鳴った。出てみると、三歳ぐらいの男の子を連れた、三〇代に見える見知らぬ男が立っている。どうやら宗教の勧誘らしく、難儀に苦しんでいないかと問いかけてくる。

相手が飾りけのない慎ましい態度なので、とまどいながらもきちんと答えようと、「冬の雨も、雨に濡れた長靴も、玄関に寝そべる犬も、難儀といえば難儀」だが、「あなたはそこに立っている。質問は宙を漂ってる。わたしはここにいる。ただそれだけのことで」、その間には何のつながりもない、「犬の気持ちにお構いなく、雨が降るみたいに」、そんなことをぼそぼそ口に出していると、相手は「すばらしく的確なお答え」だと、丁寧なおじぎをして、そのまま帰って行った。

その数日後の、ある風のない昼下がりに、犬を連れて散歩に出た折、犬に引かれるまま土手下の小学校に下りると、裏門の近くで例の親子に出会った。給食室を眺めていたらしく、「千個のパン、千匹のえびフライ、千切れのレモン、千本の牛乳……」というものを想像できるかと、男はまじめな顔で、えびフライづくりの工程を事細かに説明する。

それからさらに一〇日ほど経ったある夕暮れ、やはり犬を連れて散歩に出た折に、学校の校庭で、またその親子に会う。男は短い沈黙をはさんで、「夕暮れの給食室を見ると、僕はいつも雨のプールを思い浮かべるんです」と話を切り出した。まるで「現代詩の一行」か「童謡の一節」のようなそのことばを理解しかねている「わたし」に、小学校時代の体験を語りだした。泳げないことから来る水の恐怖、泳げないしるしに赤い帽子をかぶらされる恥ずかしさ、寒さと情けなさで震えていた雨の日のプール。給食室をのぞいて、「池のように大きな鍋」の中に人が入って、大量のじゃがいもを踏みつぶし、「マッシュされたじゃがいもに長靴の底の模様が残」る現場を目撃したばかりに、ある時期、ものが食べられなくなった、今でも思い出したくないつらい記憶。

「長い長い、彼の話が終わった時、夕暮れはもうわたしたちの間に淡い闇を運んでい」て、話していた男の「横顔の輪郭は、その闇の奥へ吸い込まれようとしていた」らしい。このあたりの表現は、なにか人間の存在が稀薄に感じられる。静的な雰囲気を受けて、人物も風景にとけこみ、読者には、画中の点景と映るのだ。

そこでの「わたし」は、きっと遠くを見るような眼で相手に対していたのだろう。「黙っていると、彼の横顔が本当に消えてなくなってしまいそうな気」がするのも、目の前の人物の姿を透して、その奥の風景へと視線を向けているからだという気がする。その直後に「男の子は影のようにしん、と動かなかった」とあるのも、人物描写という域を超えて、それまでの長い長い話の文脈を背景にした、「わたし」の、むしろ心理描写のように読めるのである。

まだ話の続きがあるのかと念のためにうながすと、それまでの長い長い話とは打って変わって、「そのあと僕は、ちょっとしたきっかけで泳げるようになった。そしておじいさんは、悪性腫瘍で死んだ。これで終わりです」と、不当に短く打ち切ってしまう。こんなふうに切り口上で、不自然に話をはしょるのも、男の気持ちを描いているのだろう。

そして、「わたしたちはしばらく黙って夕闇を眺めたあと、立ち上がった」という文に続いて、冒頭に掲げたあの一文が現れるのだ。「ひっそりうずくまっていた時間が急に息を吹き返し、一筋、風が通り過ぎ」るのも、単なる自然描写なんかではない。ようやく我に返ったような、「わたし」が感覚的にとらえた心理であったように思われる。

10

あとに花びらと、冷めたい虚空がはりついているばかりでした。

——坂口安吾《さかぐちあんご》『桜の森の満開の下』

徳川家康《とくがわいえやす》の家臣であった本多作左衛門《ほんださくざえもん》が戦場から自宅に書き送ったという「一筆啓上。火の用心。お仙泣かすな。馬肥やせ。」という手紙は、簡にして要を得た名書簡として、よく知られている。手紙の作法にかなった挨拶に始まり、家屋の保守、育児、いざという時に備えた準備、という三つの要点を、必要最小限のことばで明確につづっている。

また、昔の書簡文例としてよく引かれる、亀という房州(千葉県南部の安房《あわ》)の馬方が馬の代金を請求した簡潔な文面も、迫力のある名商用文として有名だ。「一、金五両」と記したあと、「右馬代《みぎ》」と説明し、以下「くす(寄こす)か、くさぬか、こりゃどうじゃ。くすというなら、それでよし。くさぬとならばおれが行く。亀の腕には骨がある」と、次第に迫力を増すように並べたて、脅しに近いすごみを利かせた文面だ。

これらのように、各文をただ列挙するだけで、文間に接続語をはさまず、むしろそのつながりを断ち切ることで、断絶感や力強さを加える手法があり、《断叙法》と呼ぶ。

文学の世界でも、志賀直哉の『城の崎にて』に、段落の最後に「然《しか》し、それは如何《いか》にも静かだった」として、ようやく「しかし」という接続詞が一つ現れるまで、実に一〇個の文が一つの接続詞をも介さずに並ぶ例が出てくる。

この節の冒頭に一文を抜き出して掲げた『桜の森の満開の下』という作品のラストシーンにも、そういう注目すべき箇所が現れる。

気のやさしい山賊が、しばらくいっしょに暮らしてきた女を背負って、満開の桜の森の中に一歩足を踏み入れると、とたんに異様な雰囲気を感じる。振り返ると、背中の女が「口は耳までさけ、ちぢくれた髪の毛は緑」、「全身が紫色」で、「顔の大きな老婆」に見えた。これは鬼だと思い、あわてて振り落とそうとするが、相手は落とされまいと咽喉《のど》にしがみつく。その手に力がこもると、男は首が絞まって目の前が暗くなる。夢中で相手の首を絞めたらしく、気がつくと、女はすでに息絶えたのか、地面に横たわったまま身動きひとつしない。

その場面で、作者の坂口安吾は、「彼の呼吸はとまりました。彼の力も、彼の思念も、すべてが同時にとまりました」と書き、「女の死体の上には、すでに幾つかの桜の花びらが落ちてきました」と続ける。

ここでは、その直後に出てくる「彼は女をゆさぶりました。呼びました。抱きました。徒労でした。彼はワッと泣きふしました。」という一節に注目したい。連続する五つの文はすべて短く、しかも、どの文間にも、接続詞がまったく使われていないのだ。どうして、こんな形になったのだろう。

まず、この情報をすべて、たった一つの文にまとめてみよう。「彼は女をゆさぶって呼んだり抱いたりしましたが、徒労だったのでワッと泣きふしました」というふうに、全体を一文にまとめたところで、全部で四〇字ほどにすぎず、小説の文の平均程度の長さにしかならない。それをなぜ五つもの文に切り分けたのだろう。

短い文に切り離すにしても、「彼は女をゆさぶりました。そして、呼びました。それから、抱きました。しかし、徒労でした。それで、ワッと泣きふしました。」というふうに、接続詞でつなぐ方法もある。それなのに、四つの文間のどの一つも、そういう接続詞でなぜ関連づけなかったのだろうか。

実は、この二つの問いはたがいに連動しているのである。全体を一つの文にまとめるためには、「ゆさぶる」「呼ぶ」「抱く」という三つの行動の時間的な前後関係や、それらと「徒労」、その「徒労」と「泣きふす」との因果関係をきちんと認識し、原文では切り離してある個々の文相互の意味関係を決定してかからなければならない。

「徹夜で勉強した」と「試験に失敗した」という二つの文を接続詞でつなぐ場合を想定してみよう。多くの人は「しかし」「だが」「けれども」といった逆接の接続詞を想定するだろう。が、反対に、「だから」や「それで」といった接続詞でつなぐ人もあるかもしれない。徹夜で勉強したのにそれでも失敗したと考えるか、徹夜なんかするから当日ぼうっとして失敗するんだと考えるかという、人それぞれのとらえ方の違いを反映しているのだ。

このように、同じ二つの文が、まったく違った意味関係の接続詞でともに結びつくことのできるのは、接続詞というものが、事実と事実との間にあらかじめ存在する論理関係を客観的に指示するわけではないからだ。つまり、接続詞は、表現する人間が、その両者の関係をどうとらえるかという、自分の考え方を表明する働きをしているのである。その意味では、むしろ主観的な面が強いと言うこともできるだろう。

こういうふうに考えてくれば、作者がこの場面で一つの行為ごとに文を切り離し、その間に一つの接続詞も置かなかった理由が見えてくる。傍観者の冷静な頭には、それぞれの行為の意味も、たがいの論理関係も当然わかっているが、いっしょに暮らしてきた女を自分の手で殺してしまったのではないかと、現場であわてふためいている渦中の男に、自分の行為の全体像を組み立てる、そんな余裕はない。

接続詞抜きで短文の連続する、このあたりの大胆な書き方は、作者が意図的に文間のつながりを断ち切ることによって文章の活力を増大させるとともに、これは大変なことになったと、おろおろしている山賊自身の心理をも映しながら、その現場の空気を忠実に描きとった絶妙の表現であるように思われる。

どのぐらいの時間が経ったか、この男はやがて「花と虚空の冴えた冷めたさにつつまれて、ほのあたたかいふくらみ」に気づく。それは「彼自身の胸の悲しみ」だった。女の顔に積もった花びらを払いのけようと手をのばすと、あるのは花びらだけで、女の姿はない。そして、その男の手も体も消えてしまう。冒頭に掲げた一文は、それに続く作品末尾の神秘的なラストシーンである。

第四章　イメージに語らせる——想像力をかきたてる比喩など

11

まことにそれは、畳の上に幾すじもの小川が流れ、池水が湛《たた》えられている如く、一つの灯影を此処彼処に捉えて、細く、かそけく、ちらちらと伝えながら、夜そのものに蒔絵をしたような綾《あや》を織り出す。

――谷崎潤一郎《たにざきじゅんいちろう》『陰翳礼讃《いんえいらいさん》』

「詩」とは何かなどと、正面から厳密に考え出すと、随分と厄介なことになる。ためしに国語辞典を引いてみると、人間の感動を韻律をもつ形で表現した文学形態などとあり、いわゆる散文詩などは微妙になる。詩人から出発した室生犀星は、小説『杏っ子《あんず》』の中で、「詩って小説にない小説の息みたいなもの」と、感覚的にとらえた《比喩》で表現してみせた。専門家が縷々《るる》と説明するのを聞いていてもなかなか要領を得ないだろうと思われる「詩」というものの本質が、ここでは「小説の息」というイメージでとらえられており、読者は一瞬のうちに感覚的に納得した気分に誘われる。こうなると、表現する側の文学センスと言うほかはない。すぐれた比喩表現は、こんなふうに、トピックをイメージに置き換えて、相手の感覚に直接うったえる効果がある。

森鷗外《もりおうがい》の小説『雁』には、「医学生が虫様突起と名づけた狭い横町」という、いかにも医者の連想らしい比喩表現の例が出ていて、「これは袋町めいた、組橋《まないたばし》の手前の広い町を盲腸に譬《たと》えたものである」という説明が続く。

夏目《なつめ》漱石《そうせき》の『三四郎』にも、「学問の最高府たる大学も昔の寺小屋同然の有様になって、煉《れん》瓦《が》石のミイラと撰ぶ所がない」と、優秀な教員の不足を嘆く場面が出てくる。

内田百閒の『特別阿《あ》房《ほう》列車』には、「輪郭のはっきりしない、何となくわんわん吠《ほ》えている様な大阪駅」という、論理的にはまるでわからないまま、それこそ何となく感覚的にわかったような気にさせられる比喩表現が飛び出して、読者は笑ってしまう。

病妻を描く私小説で知られる上林《かんばやし》暁《あかつき》の『薔薇《ばら》盗人』に出てくる「薩摩《さつま》芋のようにいびつに赤肥りした大きな顔の端っこのほうに、飯粒のように白くくっついた小さな眼である」という比喩表現も滑稽だが、こちらは読者にもイメージしやすい。

岡本《おかもと》かの子は『母子叙情』で、「初夏の晴れた空に」「咲き迸《ほとばし》るマロニエの花」を、「夢のしたたりのよう」と、「夢」を液体なみに感覚化したイメージを導入して比喩的に美化した。

永井龍男は『風ふたたび』で、「白い画用紙を切り抜いたような麻のスーツ」と、ぱりっとした爽やかな印象を、思いがけない画用紙の連想であざやかに描いた。同じ作品の花火の場面は、さらに華麗なイメージが乱舞して、深く印象に刻まれる。現在の隅田川花火大会の前身、両国の川開きのパノラマだ。息もつかせず打ち上がる仕掛け花火。「金のあざみ、銀のあざみ、柳の雪が燃え、散る菊にダリヤを重ねる。五彩の花々は、絶え間なく空を染め、絶え間なく空に吸い込まれた」と、名詞止めの文を織り交ぜた対句調の表現ではなやかに謳《うた》いあげるクライマックスである。

その迫力に圧倒された女性が「人の一生の中にも、あの花火のように、張りつめた一瞬があり得るのだろうか?」と、なかば感覚的、なかば感情的な思いで、おのずから自問するつぶやき。人が生きてゆく一瞬を花火の感動との対比であざやかにとらえた比喩表現だ。このあたりの一節まで含めて、読者の心にいつまでもイメージの残る忘れがたいシーンだろう。

谷崎潤一郎の『陰翳礼讃』は、薄暗がりに美を求め、そういう陰翳を大切にしてきた日本の伝統文化の性格を論じたエッセイである。京都の老舗《しにせ》の料理屋で、長い間、西洋式の電燈よりも、古風な蠟燭《ろうそく》の明かりを生かしてきたのも、その一例だという。漆器の美は、そういう不規則に揺れる薄明かりの中でこそ、本来の深みを発揮するのだと説く一節をとりあげよう。

あえて行燈《あんどん》式の電燈よりもさらに薄暗い燭台《しょくだい》を用い、蠟燭の焔《ほのお》の穂先がゆらゆらとまたたく中で、その蔭《かげ》にある膳や椀を眺めていると、漆塗りの器の「沼のような深さと厚みとを持ったつや」が、煌々《こうこう》と明るい電燈の下で見るのとはまるで異質な魅力を湛えているのだという。

近年、日常生活で陶磁器ばかりよく使い、漆塗りの器を「野暮くさい、雅味のない」ものと思うのは、採光や照明の設備のせいで明るくなりすぎたせいだと説く。漆器の肌は幾重もの闇が積み重なった色であり、周りを暗黒に包まれた環境から必然的に生まれ出たのだと主張する。この「闇の堆積」という比喩的な発想は、読者に新しいものの見方を拓《ひら》く。

たしかに、直射日光やまばゆいばかりの電燈の明かりのもとでは、蒔絵《まきえ》をほどこした漆器はいかにも派手派手しく、時には俗悪な感じに見えることもあるが、薄暗い蠟燭の光で見ると、けばけばしさが底に沈み、同じ器が奥深く重々しい印象に一変する。

古く工芸家が、漆を塗って蒔絵をほどこす折に、贅沢《ぜいたく》なまでに金色を用いたのは、そういう暗い部屋を想定し、光のとぼしい空間で闇に浮かび出るぐあいや、灯火《ともしび》を反射する加減を考えてのことだったらしい。だから、そもそも金蒔絵は、明るい場所で全貌を一望するものではなく、蠟燭の焔の自然に揺れるがままに、いろいろな箇所が少しずつ底光りするように見えて、奥深さが感じとれるのだ。「豪華絢爛《けんらん》な模様の大半を闇に隠してしまっている」からこそ、「云い知れぬ余情を催す」のだというのである。

暗い部屋に置いてある漆器に蠟燭の光があたり、その穂先の揺らめきを映すため、静かな部屋に時おり風の訪れるのを、聴覚や触覚だけでなく、視覚にとらえることができる。それを眺めながら、妖しい光の演ずる夢の世界に遊び、人は瞑想《めいそう》へと誘われる。わずかな空気の流れで焔が揺れる「灯のはためき」を、谷崎は「夜の脈搏《みゃくはく》」と表現して、読者をはっとさせる。「夜」という抽象的な時間概念を、脈打つ生きもののイメージでとらえる、この比喩的な思考は、読む者に新鮮な驚きをもたらす。

灯のはためくごとに、畳の上の明るみは刻々と所を移す。そういう畳の上の光の動きを、冒頭に掲げたように、この作家は「幾すじもの小川が流れ、池水《ちすい》が湛《たた》えられている如く」と水の流れに喩え、「細く、かそけく、ちらちらと」と展開し、「夜そのものに蒔絵をしたような綾《あや》を織り出す」と、静的な織物のイメージをよびこむ。「夜」という抽象的な時間概念そのものに「蒔絵」をほどこすという、奇想天外ともいうべき大胆な発想の比喩だ。読者はしばらく、ことばを失って陶然と美酒に酔う心地がするかもしれない。

12

しかし、猫は落着き払って、細君なぞ歯牙にも掛けぬ風情を示した。

――小沼丹《おぬまたん》『黒と白の猫』

いつだったか、ある新聞に、「はびこる安易な甘えたち」という見出しで、短い雑文を書いたことがある。「甘え」に「たち」をつけたのは、近年の安っぽい感情移入による擬人化の氾濫を憂えるあまり、行き過ぎた例でその違和感への自覚をうながすためだ。大昔、貴族のような身分の高い人を「公達《きんだち》」と呼んだように、もともと「たち」には尊敬の気持ちがこもっていたようだ。今でも、「あいつら」を「あいつたち」とは言いにくい程度の緊張感は残っているが、次第に敬意は薄れ、もはや単なる複数をあらわす段階に近づいている。

このように時代によっては必ずしも偉い相手とは限らないが、長い間「たち」という語はともかく人間に対して用いてきた。そのうち、家族同様の飼い犬など、身近な生きものに情が移って、その相手を人間並みに待遇したい気持ちが高まると、つい「犬たち」「猫たち」などと言ってしまう。ペットだけでなく、春にさえずりを聞いて思わず「鳥たち」と呼びかけ、夏に蟬しぐれ、秋に虫の音に耳を傾けながら、ひとり「虫たち」とつぶやく気持ちもわからなくはない。たがいに情の通じ合う相手として、一時的であれ動物に人間並みの親密感を寄せるのは、美しい行為だとさえ言えそうだ。

ところが近年、リンゴの気持ちがよくわかるどころか、「花たち」「草たち」などと広く植物にも、この種の「たち」が深い意味もなく使われるようになった。そしてさらに、「車たち」「山たち」「星たち」などと、生物でさえない物体にまで広がり、果ては「言葉たち」「名曲たち」から「思い出たち」「悲しみたち」「過去たち」などと、抽象的な対象にまで蔓延《まんえん》するありさまだ。相手選ばずやたらに心を注ぐこの「たち」に象徴される、この種の濫造される大人の安易なメルヘン、なれなれしい、甘ったれた、むやみに感傷的な表現の横行は、いささか幼稚に感じられる。人がもっとやさしく礼儀正しかった時代の、万物とともに生きる心根だった、《擬人法》本来の表現精神を呼び戻すために、しばらく文学作品の世界をさまようことにしたい。

北杜夫《きたもりお》の『幽霊』にも、たしかに「本たち」という表現例が見られる。まず、「ぼくは書物の群のなかにひとり佇《たたず》んでいた。うすい日ざしが窓からさして、床に積まれた本の皮表紙をにぶくひからせ、埃《ほこり》についた指跡をひっそりうきあがらせた」とある。場所が書斎だけに多くの蔵書があるはずだが、最初は「書物」とあり、次も単に「本」とあるだけで、ここではどちらも特に複数の表示はない。単数か複数かの区別が必須でない日本語では、これが通常の表現だ。

特に「人びと」「木々」「山々」と書く必要がなければ、複数でも「人」「木」「山」で済ませる。

ところが、作者は次に、「無数の本たちはいつものとおりおし黙っていた」と書くのだ。この表現は、「古い部屋の、無数の本たちの、埃の、黴《かび》の匂い」としてくり返される。ここの「たち」の用法に、「本」を人間並みに扱う擬人的な発想のあることは否定できない。だが、場所が「僕」の亡くなった父、すなわち歌人の斎藤茂吉《さいとうもきち》の書斎であり、そこにある本に向かって発せられたことを見逃してはならないだろう。

このあたりの描写は、父の死後に、父の書斎で、ほとんど父の一部であった書物の群の中にひとりたたずむ少年の側から見ているのだ。この少年にとっての父親の匂いは、父自身の体臭と、取り囲む書斎の蔵書から発する黴の臭気の入り交じった独特の匂いであり、生身の父が消えて、あとに残された息子にとっては、ほとんど父親そのものという存在感をもって迫ってきたのだろう。

だからこそ、父の書斎の中で、いつか「無意識に父の姿勢をまね」て、「猫背ぎみに、首をやや左にかしげ、ぎこちないいらだたしさで頁をめく」っていたのである。

むろん、文学の世界にも、人間の存在や心理に深く根ざす、こういう擬人的表現だけでなく、ユーモラスな雰囲気をかもしだすために擬人法を用いる作家もある。井上ひさしの『私家版日本語文法』に、「敬語はまだまだ御壮健であらせらるる」という言い方が出てくる。人間でも生きものでさえない「敬語」という言語表現に対して、「御壮健」だとか、「あらせらるる」とかと、尊敬表現を用いてちゃかしているのがおかしい。同じ井上の『自家製 文章読本』には、「a、i、u、e、oが、まるで申し合せでもしたように「中肉中背」である」という表現が出てくる。だからローマ字表記に向かないというのだが、アルファベットの文字のような記号という抽象体に対して、人間並みに「申し合せ」とか「中肉中背」とかという言いまわしを使ってユーモラスな面白さを演出してみせた。

これは映像にはなじまない。成功例が皆無だとは言わないが、文学作品と映像とは一般に相性が悪い。井伏鱒二原作の映画『貸間あり』を見た小林秀雄は、あまりのひどさに驚愕《きょうがく》し、しばし唖然《あぜん》としたらしい。当人が『井伏君の「貸間あり」』に書いたところによれば、男女の狂態を長々と映し出す画面の暴力に閉口したという。そして、もしも原作者自身がこれを見たら、「井伏鱒二という小説家は、聞きしに優るエロだなあ」と、目をパチクリさせるだろう、そう思って愕然《がくぜん》としたそうだ。

だからといって、映画のシーンが、原作となった小説の場面とまるっきり似ていないわけではもちろんない。だが、これだけが例外的だというよりも、そもそも小説と映画とは本来、基本的に別々のものなのだ。小林の言うとおり、小説場面は当然のこと、「作家が言葉だけで、綿密に創り上げた世界」なのだ。そのため、もともと基本的に、そのまま映像化できない部分が多いからである。

万物とともに生きようとした作家小沼丹の、おびただしい数のカテゴリー転換や擬人的な造形は、そのまま映像化できない典型的な例だろう。

初期の随筆『猿』に描かれる猿は、「ちょいと視線を外し」たり、「知らん顔をして蚤を取る恰好」をしたり、「この野郎とでも云うように相手を振向」いたり、「木の丸椅子の上に坐って、何やら憂鬱そうに空を仰いだり」する。

小説『黒と白の猫』では、人の死を語る作品に、小道具として登場する猫が、ひどく人間くさい。「妙な猫がいて、無断で大寺さんの家へ上り込」み、家の人がその部屋に入って来ても、逃亡するどころか、「素知らぬ顔でお化粧に余念が無い」。どうも「我家か別荘」とでも心得ているらしく、「夜になって雨戸を閉めてしまうと、とんとん、と雨戸を敲《たた》く」始末だ。この猫が、「細君なぞ歯牙にも掛けぬ風情を示した」とあるから、よその猫にも問題にされないとなると、この家の主婦も形無しだ。「風情」という用語がユーモラスで、読者にはとてもたかが猫のこととは思えない。

放浪癖があって飼い主に見放されても、当の猫は、自分が実家から「勘当されたとは思っていない」。また、勝手に別荘代わりにしているよその家で世話になっても、「礼も云わずに」姿を消し、「その后《ご》何の挨拶も無い」という。こういう書き方だから、読んでいて、とても猫風情のこととは思えないのだ。悲哀の上澄みを掬うように、悲劇の芯をユーモアで隠して展開するため、作品を読み終えたあとから、じわじわと物悲しい気分がひたひたと寄せてくるのである。

動物だけではない。「目出度く伴侶を見附けた」山鳩が、「二羽で挨拶に来た」り、「定員超過」の庭に、「頼みもしない」木が、「勝手に顔を出」したり、時には自在鉤《じざいかぎ》が、「部屋で無聊《ぶりょう》を託《かこ》つ風情」に感じられたりする。行き逢う人はもちろん、犬や猫も、木や花も、あるいは共に生きてきた街並みやその時代、万物を慈しむ文体と言えるかもしれない。

13

ああ、綺麗な夜明けじゃった。

――小津《おづ》安二郎《やすじろう》監督映画『東京物語』

なにしろ逸話の多い映画監督である。一九〇三年の一二月一二日に東京の深川で生まれたが、先祖は三重県松阪の名門で、古典研究に大きな足跡を刻んだ江戸時代の国学者、あの本居宣長《もとおりのりなが》もこの小津家の出という。

この世に生を享《う》けてからちょうど六〇年後の誕生日、すなわち還暦を迎えるその日に死去。生誕・死亡ともに一二月一二日と数字をそろえ、しかも、十干十二支、つまり、干支《えと》のひとめぐりする間に、この世を駆け抜けたことになる。いくらできすぎに見えても、むろんこれはシナリオではない。

大船の松竹撮影所前の食堂月ヶ瀬の常連だった小津は、店の主人の姪をわが娘のようにかわいがり、俳優佐田啓二《さだけいじ》との結婚の際には、独身ながら媒酌人をつとめたらしい。小津の還暦の祝いにと、家族同様だったその佐田啓二夫妻が用意した、チャコールグレーの無地に朱色の布で、小津家の定紋剣酢漿《けんかたばみ》のついたウールの羽織は、無残にもその亡骸《なきがら》の上にかぶせることとなったという。

女優の若尾《わかお》文子《あやこ》が転換期を迎えて演技の迷いを相談すると、りんごの絵がうまく描《か》けないからといって柿や桃を描くような人を誰が信用するものかと諭したという話も知られる。ひとつの道をつらぬく人しか自分は信用しないということなのだろう。

『早春』『晩春』、『麦秋』『秋日和』、『秋刀魚の味』『お茶漬の味』と似たような題の作品が並び、娘の結婚や親の再婚話など、同じような題材を扱い、笠智衆《りゅうちしゅう》・佐分利信《さぶりしん》・中村伸郎《なかむらのぶお》・北龍二《きたりゅうじ》・東野英治郎《とうのえいじろう》、原節子《はらせつこ》・田中絹代《たなかきぬよ》・淡島千景《あわしまちかげ》・杉村春子《すぎむらはるこ》といった俳優が、似たような役どころを演ずる、小津調の世界。いくらマンネリと批判され、型を破るように求められても、豆腐屋は豆腐しかつくらないと、世間の注文にいっさい応じなかったようだ。

頸部に悪性腫瘍ができて入院すると、これでおれも一人前の豆腐屋になれた、「ガンもどき」つくったんだからと冗談を言って、見舞い客を困らせたが、腫れた頸部をたたいて「ガンくび」と言ったのが、人生最後の洒落になったという。

茅ヶ崎館という松竹の定宿に、共同執筆者の野田高梧《のだこうご》と泊まりこんで、頑固者どうしが酒を酌み交わしながらシナリオに取り組み、廊下に番号をふった空き瓶を並べたらしく、『東京物語』の場合は一升瓶を四三本空けたところでようやく完成したらしい。

この節の冒頭に掲げた一文の背景として、野暮を嫌い、ことばの粋を大事にした小津らしいエピソードを披露しておこう。生涯、独身をつらぬいた小津は、母親と鎌倉の家に住んでいた。小津は仕事で家を空けることが多く、ひとり残される母親はテレビもなくてさぞや退屈しているだろうと、女優の飯田《いいだ》蝶子《ちょうこ》が気を利かせて、テレビを贈ったところ、小津から電話がかかってきた。てっきりそのお礼だろうと思いながら受話器をとると、「お蝶さん、駄目じゃないか、あんなもの贈ってくれたら」という小津の声で、「テレビの前にすわったきり、ちっとも自分の世話をしなくなった」と、逆に苦情を言われたらしい。文字にすればひどい言い方だが、それが涙声。心の中で感謝していることが伝わってくる。

大仰な感謝や、丁重すぎる謝礼のことばは、他人行儀であり、かえって相手を恐縮させる。文句を言うような形で、その実、感謝を伝える。当時、それは親しい間柄での一種の思いやりだったのかもしれない。空気をさとったお蝶さん、とっさに、「ああ、そう、ざまあみやがれ！」と電話を切ったという。たがいに相手を思いやる、シャイな日本語の表現が、まだまだ世間で通用していた時代の話である。今では喧嘩になりかねない。

映画『東京物語』にも、心にしみるせりふがいくつも出てくる。とみ(東山千栄子《ひがしやまちえこ》)が、戦死したと思われる次男の妻紀子(原節子)に、苦労のさせどおしですまないと。ねぎらいのことばをかけた際の受け答えも、その一つだろう。「いいの、お母さま、あたし勝手にこうしてますの」と応じ、「今はそうでも、だんだん年でもとってくると、やっぱり一人じゃ淋しいけーのう」と重ねて言われると、「いいんです、あたし年取らないことにきめてますから」と笑う。どちらの受け答えも、形式的にはつっけんどんで、およそ理屈にならないことを口走っているにすぎない。だが、姑《しゅうとめ》に気兼ねさせまいとする一心でふざけたやりとりにしている気持ちが通じ、とみはその思いやりに感動して、「ええ人じゃのう……あんたア」と涙ぐむのだ。

その老妻とみが亡くなった翌朝、家の中に周吉(笠智衆)の姿が見えないことに気づき、心配して探しに出た紀子は、海を見下ろす崖の上の空地にたたずんでいる後ろ姿を見つけて、「お父さま」と声をかける。冒頭に掲げた一文は、その紀子の声に気づいた周吉が、ぽつんと言ったせりふである。胸が詰まって視線を落とす紀子に、「今日も暑うなるぞ」ということばが、ひとりごとのように追いかけてくる。そんな場面だ。

おそらく、どちらのことばも、周吉の本音ではあったろう。だが、老後に妻を喪《うしな》った悲しみに沈み、途方にくれていたにちがいない周吉の口から、自然に出てきそうな悲嘆や落胆のことばに代わって発せられた事実に注目したい。うちひしがれていたはずの周吉が、今、朝日の昇る美しさに見とれ、堪えがたい暑さを予感して、紀子の前でほほえむ。それはきっと、孤独に堪えて気丈に生きてゆく覚悟をそれとなく語る姿であり、気づかってくれる家族へのいたわりの声でもあっただろう。そういうもろもろの心を《象徴》する、シャイな表現と見ることもできる。

その数日後、周吉がひとり縁先にすわり、背中をまるくして、ぼんやりと遠い海を眺めているシーン。これまでずうっと脇にいた妻の姿はもうない。「皆さんお帰りなって、お寂しうなりましたなア」と、通りかかった隣家の主婦(高橋豊子《たかはしとよこ》)が窓越しに声をかける。「いやア」と一言、あいまいに応じ、周吉は「一人になると急に日が永《なご》うなりますわい」ともらす。多くの現代人が失った、こういう寡黙の感情表現は、たくまずして心の伝わる日本語を代表する絶品であったように思われる。

第五章　順序と反復のテクニック——流れに波を起こす

14

人生は一箱のマッチに似ている。

——芥川龍之介《あくたがわりゅうのすけ》『侏儒《しゅじゅ》の言葉』

同じようなことを言うにも、言い方次第で効果が違い、相手に伝わる印象も変わる。ほとんど似たような表現でさえ、並べる順序が違うだけで、効果が大きく変わることもある。いくらトリックが奇抜で、謎を解く推理がいかに巧妙なサスペンスものであっても、犯人も、その犯行の手口も、もしも最初のほうでわかってしまえば、読者はその先を読む楽しみがなくなり、途中で放り出してしまうだろう。

昔からある謎かけは、情報を出す順番がすべてであり、そこを失敗すると、謎として成り立たない。たとえば、「殿様のご褒美」とかけて「春の日」と解く、というふうに、何の関係もなさそうな組み合わせを示して相手をとまどわせ、「そのこころは？」と問いかける。その二つがどう結びつくのか見当もつかない相手をさんざんじらし、頃合いを見計らって、おもむろに「クレそうで、なかなかクレない」と、「そのこころ」すなわち理由を解説してみせるのが順序である。

「呉れる」と「暮れる」という同音異義語を利用した洒落のあざやかさは、こういう順に展開するから発揮できるのだ。もしも、「殿様のご褒美」と「春の日」とは、どちらも「クレそうでクレない」という共通点がある、としても全体の情報に大差はないが、それでは面白くも何ともない。こういうことば遊びは、情報の出し方が成否の鍵を握っているのである。

「技巧派の投手」とかけて「品数の少ない果物屋」と解く、といった即興の自作でも同様だ。まるっきり見当がつかず、相手が怪訝《けげん》な顔をするのを、しばし楽しんでから、投げるボールの「球威」と、果物の「キウイ」ということばが、たまたま類音であることを利用し、そのこころは「キューイが足りない」と、鼻をうごめかしながら種明かしをするのも、その両者の思いがけない結びつきを示す解説が、先行せずに、あとからおもむろに出てくる、というオーダーが効果を奏するのである。

特に、理詰めで展開しない、このようなことば遊びでは、そもそも伝達される思想そのものはナンセンスだから、「かけるもの」と「解くもの」との非連続性、極度に無縁なその両者が思いもよらない類似点で結びつく意外性が唯一の意味内容であり、それこそが作品価値を支えているのである。

したがって、最初に奇言を発して相手を驚かすのが重要で、十分に注意を引きつけたあとで、おもむろに説明して納得させる、この順序がものをいうのだ。むろん、この種の工夫は、ことば遊びに限らず、ふつうの文章でも見られる。

型にはまった調子で長々と書き続けると平板になり、どうしても読者が退屈するので、だらけるのを防ぐために展開を意図的に狂わせることがある。そういう手段のうち、初めに読者がおやっと思うことを述べてサスペンスを生じさせ、そのあとで事情や理由などを説明してわからせる表現手段を、レトリックの一つとして《奇先法》と呼ぶことがある。

この節の冒頭に掲げた一文は、一見これだけで独立しているように見え、そのためちょっと格言じみて感じられるが、実は次に続く二つの文とセットになって、三つの文全体で警句の役割を果たしている。その最初の一文が、まさにその典型的な奇先法の例と言ってよい。

この三つの文のうち、この一文の直後に出る「重大に扱うのは莫迦々々しい」という第二文と、それに続く「重大に扱わなければ危険である」という第三文とは、どちらが先行してもそれほど致命的な問題ではない。しかし、この第一文は、このように最初の位置にあるから迫力があるのであって、さもないと表現効果に重大な影響をもたらす。

仮に、それを最後の位置に来るように全体を並べ直してみると、「人生は重大に扱うのはばかばかしい。重大に扱わなければ危険である。それは一箱のマッチに似ている」という姿に変貌する。改作したこの文章も、情報はさほど違わず、それなりに意味も通りそうだ。しかし、こうなると、事実を二つ列挙して結論を導いた形になって整然と進行するように見える半面、へたをすると、「人生」と「マッチ」との共通点を発見したということが主張の中心内容のように見え、本来の人生論からずれてしまう。

また、文章の肌合いも少し違って感じられる。改作した例では、体験をとおして得た実感の積み重ねから一つのイメージを導き出したような安定感を漂わせており、いわば叩き上げの実直さを連想させるのに対し、芥川の原文には天才のひらめきが感じられよう。

それはおそらく、「人生」というテーマを語る際に、それとまったく無関係に見える「マッチ」のイメージを、いきなり何の説明もなく導入し、一瞬、そこに論理の空隙をつくって読者を驚かす入り方をしたせいだろう。このような文の排列が、あざやかな感触を印象づけ、いかにも警句らしい颯爽《さっそう》とした姿を実現したのだろう。

15

なにをいうとも知れず、はじめはかすかな声であったが、木魂がそれに応え、あちこちに呼びかわすにつれて、声は大きく、はてしなくひろがって行き、谷に鳴り、崖に鳴り、いただきにひびき、ごうごうと宙にとどろき、岩山を越えてかなたの里にまでとどろきわたった。

——石川淳《いしかわじゅん》『紫苑《しおん》物語』

「這《は》えば立て　立てば歩め　の親心」という川柳がよく知られている。わが子の成長を願う気持ちが次第にエスカレートするようすを、「這う」から「立つ」、そして「歩む」へと、三段階の動作で象徴的に切り取ってみせた一句である。

このように、いわば梯子《はしご》を一段ずつ登るように、表現を少しずつ強めて次第に盛り上がるように展開し、最後に最高潮に達するように導くレトリックを《漸層法》と呼ぶ。

井上ひさしの戯曲『小林一茶』にこんなせりふが出てくる。「この意味《こころ》がわかるかい」と始まり、「わかるだろう。わかるべきだ」と展開し、さらに「わからなければおよねさんは人間《ひと》じゃない。鬼か蛇だ」と強調し、最後に「わかれ」と断定的に命令する。このように、次第に盛り上がるように推し進めることで力強い調子の流れが生ずる。

わずか五〇字程度の短い文章中に、「わかる」という同じ動詞を五回もくり返す一節だ。その「わかる」という動詞の出現する形に注目して、順にたどってみよう。まず、「わかるかい」という疑問の形から始め、「わかるだろう」という推量、そして「わかるべきだ」という義務へと進む。そこから、「わからなければ」という仮定の条件をはさんで、最後に「わかれ」という命令形に達する。このような漸層的な迫《せ》り上がりの形に呼応するように、意味の面でも、「人間」から人間以外、それも「鬼か蛇」へと極論に追いやるのである。

この節の冒頭に、長い一文を引いて掲げた石川淳の『紫苑物語』のラストシーンには、さらにスケールを拡大した、まるで大きな浪のうねりを思わせる一節が現れ、読者の心身をさらって運び去る。長く語り継がれるにつれておのずと洗練された民話調とでも言うべき、語りの独特のリズムに乗って、読む者はいつか酔い痴《し》れて漂う心地がする。

「岩山のいただきには、岩に彫りつけたほとけだちが何体か」あり、その中に首の欠け落ちた一体がある。「崖のはなのうつくしい岩の、あたまの部分がすなわちほとけの首に」なっていた。「その岩のあたまがくり抜いたようにけずり落されたので、ほとけの首もまた落ちた」のだが、はるか谷の底までは落ちこまず、真下の岩の「くぼみに支えられて、そこにとどまった」。

するとい、その首はものすごい形相となって、人をおびやかしたので、それを「元あった位置」に戻すと、たちどころに「悪鬼の気合」が消えて、「大悲の慈顔とあおがれた」。ところが、夜になると、誰も手をふれないのにその首が落ちている。元に戻すと、やはりまた落ちており、そこから動かなくなった。そして、「ほとけだちの立ちならぶあいだから、悪鬼はぬっと首を突き出して、四方のけしきを見わたしていた」。

そして、「月あきらかな夜、空には光がみち、谷は闇にとざされるころ」という対句調のしらべに乗って、「その崖の境のはなに、声がきこえた」と記され、冒頭に引いたあの長い長い一文へと流れ込む。

心地よいしらべに体を揺られながら読み進む読者に、小さな音が次第に大きくなって遠くまで広がってゆくさまが、感覚的に伝わってくるだろう。

「かすかな声」から「声は大きく」と転じ、さらに「はてしなく」と続く流れ、あるいは、それと並行して、直前の文の末尾の「声がきこえた」に始まり、「あちこちに呼びかわす」と進み、そして「ひろがって行き」と続く流れは、いずれも、このあたり一帯の漸層的な盛り上がりを側面から支えている。

そうして、決定的な演出は、「谷」から「崖」へ、そして「いただき」へ、さらに「岩山を越えて」、「かなたの里にまで」と展開しつつ、具体的なイメージを広げるにつれて、「鳴る」の連続から、「ひびく」へ、そして「とどろく」へ、さらには「とどろきわたる」へと迫り上がる動詞の排列の妙が、この盛り上がる流れをピークにまで押し上げる修辞的な効果を高めていることに驚く。

16

可笑しくって、可笑しくって、思えば思えば可笑しくって、どうにもならなく可笑しかった……。

――里見《さとみ》弴《とん》『椿』

訪問したあの日、小説『一個』に多用される現在形止めの文末表現が、「作品のシンボリズムと関係がある」というインタビュアーの指摘に敏感に反応し、永井龍男は、「省略過多になる一つの原因として、同じことばをくり返し使うまいとしていることがある」のではないかと、自分の文章を振り返った。原稿用紙「二、三枚のうちに同じことばを二度使っちゃいかんぞ」という気持ちで書いていたらしく、「短編に同じことばが出てくるのは興ざめ」だとまで言ってのけた。

いい文章を書こうとする際に、語彙が貧弱だと思われないよう、できるだけ同語のくり返しを避ける。遠藤周作《えんどうしゅうさく》の小説『おバカさん』に登場する、昔恋しい瓦斯燈《ガスとう》を連想させる好人物、ガストンのモデルとなったG・ネラン神父から、このような傾向はフランスにもあると、聞いた記憶がある。それはともかく、こういう文章上のおしゃれは、かつての日本の作家たちに広く見られた美意識だったにちがいない。

夏目漱石の『倫敦塔《ロンドンとう》』の冒頭段落は、「二年の留学中只一度倫敦塔を見物した事がある」という文で始まり、「其後再び行こうと思った日もあるが止めにした」と続く。「事がある」のくり返しを避けて「日もある」としたのだろう。そのあと、「一度で得た記憶を二返目に打壊わすのは惜い、三たび目に拭い去るのは尤《もっと》も残念だ」と出る箇所などは、「一度」「二返目」「三たび目」というふうに、同じ意味を「度」「返」「たび」と使い分けており、同語をくり返し使用するのを回避する典型的な例と見られる。こうなると、「惜い」と「残念だ」、「打壊わす」と「拭い去る」との関係にも同じような配慮が働いたと考えるのが妥当だろう。

しかし逆に、効果をねらって意図的に同じことばを《反復》することもある。「人民の民衆によるみんなのための政治」と静かに話しかけるよりも、「人民の人民による人民のための政治」と、あえて同じ「人民」を反復して、調和と力感を増すのは、その代表的な試みだ。

二葉亭四迷《ふたばていしめい》の『平凡』にその題をめぐる言及があり、「平凡！　平凡に、限る。平凡な者が平凡な筆で平凡な半生を叙するに、平凡という題は動かぬところだ」というふうに、あえて六回も同じ「平凡」ということばをくり返して、読者の印象に刻みつけようとする。

反復のタイミングがさらなる効果をあげる例も多い。漱石の小説『草枕』に、椿の花の散る場面が出てくる。いつまでも印象に残るのは、ほとんど名人芸とも称すべきくり返しの妙技のせいである。画工が「深山椿《みやまつばき》」を眺めながら、「黒ずんだ、毒気のある、恐ろし味を帯びた調子の」「一種異様な赤」から、「嫣然《えんぜん》たる毒を血管に吹く」妖女を連想していると、「ぽたり赤い奴が水の上に落ちた」と、その描写は始まる。

「静かな春に動いたものは只此《この》一輪である」という説明をはさんで、「しばらくすると又ぽたり落ちた」と続く。そのあと、椿の花は、散るというより、固まったまま枝を離れるといった解説や、落ちて固まっているのを見ると毒々しいといった感想が入って、「又ぽたり落ちる」。以後も、年々落ちる幾万輪の椿の色が水に溶け出し、腐って底に沈むのかしらんといった想像の流れを縫うように、「また落ちた」「また落ちる」と、思い思いの間隔をおいて椿が散り続ける。

「落ちる」という同じ動詞の、こういうやや不規則な反復が、思索する人の目の前で自然に散ってゆくその椿の花の姿を、あたかも模写しているかのように読者が感じるほど、その短い描写の一文が絶妙のタイミングでくり返される。そういう文脈を背負って、「又一つ大きいのが血を塗った、人魂の様に落ちる。又落ちる。ぽたりぽたりと落ちる。際限なく落ちる」と続けざまに反復する一場のフィナーレが訪れるのである。

「椿」の縁で、もう一つ椿の話を。この節の冒頭に一文を掲げた作品、その名もずばり『椿』と題する短編のラストシーンだ。圧倒的な反復にしばし心地よく酔ってみたい。

あの日、九〇歳の里見弴は、若々しい声で、よどみなくしゃべった。本名は山内英夫《やまのうちひでお》。「山内」という表札のかかった鎌倉の自宅を訪問したインタビュアーは、初対面のこの作家に「だいたい、君はだなあ」と、いきなり「君」呼ばわりされる。「ま、君と話してても、君の言うことにこだわっちゃうと、固まっちゃっておもしろく話ができないから、承知で誤解もはさんで、君の聞きたいことと違うことも話す」と、当人がことわりながら自分のペースに引き込んでゆく。その波に乗りながら漂っている時間は、けっして不快なものではなかった。

里見の『縁談窶《やつれ》』という小説に、「「俺だって」という考え方が、すぐ「俺が」になり、続いて、「誰よりも一番俺が」まで行ってしまった」とある例などを出して、ことばへの関心が作品の中に生のままあらわれることを指摘し、どんなに長い言いまわしでも、カギに入れて一つの名詞のように組み込む特徴のあることを話題にすると、「ああ、そうか。無意識の間に出てくるんだな。癖ってもんだろう。鼻の脇を掻《か》く人だの、頭を掻く人だの、いろいろあらアな」と茶化す。「重大な意義」とか「奮然として」とかとすっと流れず、その前に「或は」とか「と云うより」とか理屈っぽいことばが入るので、読者は表現内容とは別に、それを書いている作者の存在をいやでも意識してしまう、などと批評すれば、「そりゃ君の新発見かもしれねえや」とからかう。

「会話なぞもね、僕が小説を書いてるとき、脇から見て噴き出す人がよくあったがね、みんな口の中で言ってるんだ」というふうに、この作家はみずからの創作の実態を、八方破れとも見えるほど、ざっくばらんに語った。泉鏡花みたいにしぐさまではやらないが、「口の中で言ってみるくらいのことはしょっちゅうやってた」という。永井龍男がこの里見の文章を、久保《くぼ》田《た》万太《まんた》郎《ろう》の作品とともに、「読んで聞かせる文章」と評したが、このように声は出さないまでも口を動かしてブツブツ言いながら執筆する結果なのだろう。

それだけに会話の中で「それから」が「そいから」、「ここへ」が「こけえ」と表記されるなど、音の描写は実に細かい。地の文にさえ、くだけた「ちょいと」どころか、「さんざ」「しッきりない」といった俗語調のことばが交じっている。『父親』に出る「ほんまによっとくんなはれや。待ってまっせ。さいなら」に象徴されるように、現場のしゃべり声が読者の耳に再現されるように書く作家なのだ。

周囲から「うますぎる」と評され、「うますぎて何が悪い」と居直ったと伝えられる短編『椿』は、こんな話である。しーんと静まりかえった夜更け、「三十を越して独身の女」が寝ながら雑誌を読んでいる。並べて敷いた隣の寝床では「姪《めい》にあたる二十歳の娘」が寝息も立てずに眠りだしたらしい。と、近くでパサッという音がした。娘は目を覚まし、若い叔母と顔を見合わせて、二人とも不安そうだ。

ややあって、床の間の椿の花の散り落ちた音と判明。怖いと思って見ると、「真《ま》ッ紅《か》な大輪の椿」は「血がたれてるよう」だし、「部屋の隅の暗さに、電燈の覆いの紅が滲《にじ》んで、藤紫の隈《くま》」をつくり、屛風絵《びょうぶえ》の元禄美人も「死相を現わしている」ようで不気味に見える。椿の花の落ちた音とわかってほっとすると、それまでわけもわからず怖がっていた自分が無性に可笑しくなり、蒲団《ふとん》をかぶって笑いをこらえる。そんな息苦しい何分かがあって、とうとうぷっと噴き出してしまう。

蒲団の中の叔母が、「肩から腰にかけて大波を揺らせながら、目をつぶって、大笑いに笑いぬく」のを見ると、姪も「ひとたまりもなく笑いだした」。そして、「笑う、笑う、なんにも言わずに、ただもうくッくと笑い転げる」と、作者は反復を利かせて追いかける。

閑静な住宅街、それも「しんかんと寝静った真夜中」だ。こんな時間に二人で大きな笑い声を出すわけにはいかない。里見は、「大声がたてられないだけに、なおのこと可笑《おか》しかった」として、冒頭に掲げた「可笑しくって、可笑しくって、思えば思えば可笑しくって、どうにもならなく可笑しかった……。」という最終文へとなだれこむ。

言語表現の担う情報量といった無味乾燥の観点に立つなら、この場面の論理的情報は、要するに、「非常に可笑しかったので大いに笑った」ということに尽きる。だが、もしもこの小説のフィナーレをそんなふうに概括していたら、部屋の中の女の息づかいが読者の耳に直接聞こえてくるような絶妙の語り口など、跡形もなく消え失せる。文芸的な価値のほとんどを失い、この作品が「うますぎる」として文学史に問題を投げかけることもなかっただろう。

文学作品が読む者に静かな感動を与えるのは、けっして情報というような痩せ細った概念のせいではない。表現の言語的なあり方が読者の感性に訴えるからである。ここでは、息苦しいまでの反復リズムを実現した表現の形が、そのまま、肉体的な反復である現実の〈笑い〉を模写したかのように、その場の雰囲気を読者にほとんど生理的に伝えてくるように思われる。

第六章　耳を揺する響き——音感に訴える

17

見わたすと、その檸檬の色彩はガチャガチャした色の諧調をひっそりと紡錘形の身体の中へ吸収してしまって、カーンと冴《さ》えかえっていた。

——梶井《かじい》基次《もとじ》郎《ろう》『檸檬』

ことばには、意味とは別に、音のイメージというものもあるらしい。まず、母音の場合、日本人は「暖かい」「明るい」「新しい」などの語頭にあるa音からは、大きい感じを受けるという。「家」「石」「今」などの語頭にあるi音は、逆に、小さく狭く、しかし鋭い感じがすると言われる。また、「薄い」「嘘」「愁い」などの語頭にあるu音は暗い感じ、「笑くぼ」「海老」「選ぶ」などの語頭にあるe音は逆に、明るい感じがするそうだ。そして、「おかしい」「怒る」「男」などの語頭にあるo音からは重い感じを受けると言われる。

a音、i音、u音、e音、o音を多く含むことばを、「あからさま」「生き生き」「鬱々」「でれでれ」「所々」と、アイウエオ順に並べて、それぞれ意味と無関係に音の印象だけを比べてみると、なんだかそんな気もしないではないが、はたして事実はどんなものかしらん?

一方、子音では、「キンコンカン」という鐘の音など、カ行音は概して、硬い乾いた金属的な響きを感じさせやすいという。「笹《ささ》」や「煤《すす》」のようなサ行音は軽快な、湿った感じで、「縦」や「尊い」のようなタ行音は、物を打つ音を連想させるらしい。「何々」や「なのに」のようなナ行音は、「ぬめぬめ」「ねばねば」など粘りけとつながりそうだ。

「母」や「頬」のようなハ行音は「ふわふわ」「ふんわり」など、軽くて手応えのない感じで、「豆」や「桃」のようなマ行音は、「ママ」のように「まろやか」で女性的な感じがすると言われる。

また、「揶揄《やゆ》」や「余裕」のようなヤ行音は、「ゆらゆら」と軟らかく、「リラ」や「瑠璃《るり》」のようなラ行音は、「凜々《りんりん》」と鋭く流れてリズミカル。「輪」や「わらわ」のようなワ行音は「わなわな」ともろい感じがするというが、犬は元気に「ワンワン」吠える。

さらに、擬音語で、「コロコロころがる」と「ゴロゴロころがる」、「トントンたたく」と「ドンドンたたく」とを比べると、濁音のほうが重く激しい感じがし、「パタンと倒れる」よりも「バタンと倒れる」ほうが衝撃が大きい感じがする。「さらさら」と「ざらざら」、「しっとり」と「じっとり」という擬態語を比較すると、清音よりも濁音に不快感を抱いていることがよくわかる。

音声や音響を言語音で象徴的にあらわす擬音語や、動作・状態・心情などを同じく言語音で象徴的にあらわす擬態語を総称して《オノマトペ》と呼ぶ。このようなオノマトペを活用して感覚的に伝達する試みも、昔から盛んに行われてきた。松尾芭蕉《まつおばしょう》の「梅が香やのつと日の出る山路かな」という句に出てくる「のっと」や、与謝蕪村《よさぶそん》の句「春の海ひねもすのたりのたりかな」の中心をなす「のたりのたり」などは、このような効果の卓越した作品としてよく知られている。

それはむろん、俳句の世界だけではない。「幾時代かがありまして／茶色い戦争ありました」と始まる、中原中也《なかはらちゅうや》の『サーカス』という有名な詩は、「サーカス小屋は高い梁《はり》／そこに一つのブランコだ／見えるともないブランコだ」という一連が先導し、「ゆあーん　ゆよーん　ゆやゆよん」という擬態語で終わる。ブランコの大きく揺れるあの感じをよくとらえた、この独創的なオノマトペが一編を印象的に仕立てている。

散文にも、はっとするような例が出る。昭和初頭に活動したプロレタリア文学には、一般に比喩表現が多用され、このオノマトペも頻出する。小林多喜二《こばやしたきじ》の小説『蟹工船《かにこうせん》』には、「赤黒くプクンとしている女の頬ぺた」とか、「湯桶のような煙突が、ユキユキと揺れていた」とかといった例が出てくるが、この「プクン」や「ユキユキ」は独創的で、新鮮な感覚が感じられる。

『されどわれらが日々』でデビューし、東大独文の教授でもあった柴田翔《しばたしょう》の小説『立ち盡《つく》す明日』には、「シャベルが勢いよく土中へ潜って行くにつれ、雑草の根の切れて行く感触が、シャベルを握りしめる孝策の掌に、ぷつぷつと伝わってきた」という箇所が出てくる。この「ぷつぷつ」はもともと根が切れる音だったと思われるが、作者がそれを「感触」と記した瞬間から、擬音という感覚的な生々しさが後退し、読者に伝わるときには、擬態的な感じを超えて、すでに心理的な領域にまで深まっている。

この節の冒頭に掲げた梶井基次郎の一文でも、感覚の融合が心理面にまで波及しているように思われる。この短編は、「えたいの知れない不吉な塊が私の心を始終圧《おさ》えつけていた」と始まる。そういう主人公が、ある日、八百屋で「レモンエロウの絵具をチューブから搾り出して固めたようなあの単純な色」をして、「丈の詰った紡錘形《ぼうすいけい》の恰好《かっこう》」をした檸檬《れもん》を一個買う。それを持って、重苦しい気詰まりな場所として避けていた店、京都の丸善の店内に入るところがクライマックスとなっている。

店の棚から重たい画集を抜き出してページを繰っては意欲が失せてそこに置き、また別の一冊を引き出しても同じ結果になる。それらの画集を同じ場所に積み重ね、それを「本の色彩をゴチャゴチャに積みあげて」と書く。この擬態語「ゴチャゴチャ」は、カタカナ表記であること以外、通常の表現だろう。だが、それを「ガチャガチャした色の諧調」と形容する箇所は斬新で、擬態語を巧みに操っているように思われる。

そして、その色の諧調を檸檬が紡錘形の体内に吸収し、「カーンと冴《さ》えかえっていた」という描写は、視覚的な印象を聴覚的にとらえたオノマトペ「カーン」が、その場の空気を、そう感じている人間の心理とともに読者に伝える、絶妙の象徴表現となっている。

何冊かその場所に積み重なった姿を見て、その画集の山を「奇怪な幻想的な城」と見立て、その城壁の上に、持って来た檸檬を据えて、当人は「丸善の棚へ黄金色に輝く恐ろしい爆弾を仕掛て来た奇怪な悪漢」のつもりで店から出る。もしも想像どおりであれば、あの気詰まりだった丸善が大爆発をする。抑えつけられたような重苦しい気分も、それで一気に吹き飛んでしまうはずなのだ。

独創的なオノマトペとなれば、幸田文の名を逸することはできない。小説『流れる』は、主人公の梨花が芸者置屋の女中募集を知って志願する場面で始まる。面接を受けるために訪れたその置屋を探しあて、「往来が狭いし、たえず人通りがあってそのたびに見とがめられているような急《せ》いた気がするし、しようがない、切餅のみかげ石二枚分うちへひっこんでいる玄関へ立った。すぐそこが部屋らしい」として、家の中のようすを、「云いあいでもないらしいが、ざわざわきんきん、調子を張ったいろんな声が筒抜けてくる」と書いている。この「ざわざわきんきん」は、おそらく前半が「ざわつく」の「ざわ」を重ねた形、後半は「きんきん声」の「きんきん」だろうが、それを組み合わせた「ざわざわきんきん」全体は、この作家の独創的な声喩である。前要素の「ざわざわ」で部屋のざわついた物音を暗示し、後要素の「きんきん」で芸者衆のぺちゃくちゃおしゃべりしている甲高い声を暗示して、その全体で猥雑《わいざつ》な雰囲気を象徴的に描きとった逸品である。

18

薄鈍《うすに》びて空に群立つ雲の層が増して、やがて又小絶《おだ》えている雨が降りはじめるのであろう。

——円地《えんち》文子《ふみこ》『妖』

音声的な面での調子のよさ、耳に心地よいしらべとなると、一般には詩歌や俳句などのいわゆる韻文が中心だ。昔よく言われた「男は度胸、女は愛嬌《あいきょう》」という言いまわしは、「度胸」と「愛嬌」という全然違う意味のことばが、偶然どちらも「キョー」という同じ音で終わることを利用して、それぞれを「男」と「女」という対立的なことばの次に配し、同じ響きで対比させて調子よく感じさせている。

「驚き、桃の木、山椒《さんしょ》の木、狸《たぬき》にブリキに蓄音機」ということば遊びも、意味があるのは「驚き」だけで、その他の名詞は五つとも、単に「驚き」と同じく「キ」音で終わることばを選んで並べたにすぎず、どれも意味はまるで関係がない。

このようにことばの末尾の音を同じにそろえて調子をととのえることを、「脚韻」をふむと言う。「信州信濃の新蕎麦《そば》よりも　わたしゃ、あなたのそばがいい」という、調子のよい有名なくどき文句では、「蕎麦」と「側」とがたまたま同音の「ソバ」となるのを利用した駄洒落《だじゃれ》が利いている。が、最初の「信州信濃の新蕎麦」は、シで始まる単語を三つ連続的に並べた趣向で、この部分は「頭韻」をふむおもしろさを楽しんでいる。

野口雨情《のぐちうじょう》の作詞になる童謡『七つの子』は、「烏《からす》　なぜ　啼《な》くの　烏は　山に　可愛《かわい》い　七つの」と始まる。ここまですべての文節の最初の音が、例外なくア段の音となっている。そして、直後の「子があるからよ」をはさんで、そのあともまた、「可愛　可愛と　烏は　啼くの　可愛　可愛と　啼くんだよ」というふうに、同じく各文節の頭にア段の音を響かせている。二度くり返される「可愛　可愛」と連続する部分など、「カア　カア」という烏の鳴き声をそのまま模写したかと思われるほど、何度聴いても擬音の効果が耳に残る。

三好達治《みよしたつじ》の『乳母車』という詩でも、「母よ――／淡くかなしきもののふるなり／紫陽花《あじさい》いろのもののふるなり／はてしなき並樹《なみき》のかげを」と、各行の最初にア段の音を配し、第二連以降にも、「母よ」「淡く」「紫陽花いろ」の反復使用のほか、「泣きぬれる」「赤い」「旅」といったア段の語頭音が多くの行の冒頭に用いられ、内容と呼応してしっとりとリリカルな詩情を響かせている。

《韻律》と並び称されるもう一方の「律」は、「五七調」「七五調」など、音数律を利用して、一定の拍数のことばの組み合わせを規則的にくりかえしてリズムをつくりだし、口調をよくする技法だ。佐藤春夫《さとうはるお》の詩『少年の日』を例にとれば、「野ゆき山ゆき海辺ゆき／真ひるの丘べ花を藉《し》き／つぶら瞳の君ゆゑに／うれひは青し空よりも」というふうに、七五調のリズムが詩の印象を鮮明にする。「海」でも「浜」でもなく「海辺」とし、「つぶらな瞳」を「つぶら瞳」と縮約し、「空よりも青し」を「青し空よりも」と倒置させたあたりに、リズムを乱すまいとする作者の意志が感じられる。

散文では、これほど明確にリズムが浮き出ることはめったにない。浜田広介《はまだひろすけ》の童話『さむい子もり唄』に、「いたちのあなは、あたたかい。いってもいいが、でも、せまい。せまくて、なかなかとおれまい。ここは、もすこしがまんして、まっていましょう、まちましょう。およびのお声がかかるまで」とあるあたりは、例外的にほとんど韻文じみている。読者側でもついリズムに乗って、うっかり「およびのお声」を「およびの声」と読みそうになるほどだ。

一方、読んでいても表面上はっきりとリズムを意識しないのに、なぜか朗読すると口調がなめらかな文章もあり、調査してみてはじめて拍数の構成が規則的であったことに気づいて驚く例もある。芥川龍之介の小品『東洋の秋』などはそういう例だ。「おれの行く路の右左には、苔《こけ》の匂や落葉の匂が、湿った土の匂と一しょに、しっとりと冷たく動いている。」というふうに、句読点で区切られた四つの単位が、すべて例外なく同じ一五拍となっている。文章の底を流れる諧調に揺られながら、「おれは籐《とう》の杖《つえ》を小脇にした儘《まま》、気軽く口笛を吹き鳴らして、篠《すず》懸《かけ》の葉ばかりきらびやかな」と調子よく読んできて、それまでの慣性の力が働き、読点のないそこで無意識のうちに一瞬ポーズを置き、「日比谷公園の門を出た。「寒山拾得は生きている」と、口の内に独り呟きながら。」と、歌うように一編を読み終えるかもしれない。

他方、必ずしも規則的になっていないのに、読んで口調のよい文章もある。太宰治《だざいおさむ》の小説『駈込《かけこ》み訴え』に出てくる「申し上げます。申し上げます。旦那さま。あの人は、酷《ひど》い。酷い。はい。厭《いや》な奴です。悪い人です。ああ、我慢ならない。生かして置けねえ。」という箇所などは、さしずめそういう典型だろう。機械的に計測すればさほど規則的な排列になっていないが、「あの人は酷い」という文を、仮に「あの人は」と「酷い」とに分けてみると、前者はその前の「旦那さま」と五音の連続となり、後者はその次にある同じ「酷い」と三音の連続となる。その結果、「はい」と「ああ」という二音のことばを一種の合いの手として、順に七・七・五・五・三・三／七・七／七・八と並ぶ。このように整理すると、調子のよいこの箇所の音楽的構造が見えてくるだろう。

川端康成の小説『伊豆の踊子』は、「道がつづら折りになって、いよいよ天城峠に近づいたと思う頃、雨脚が杉の密林を白く染めながら、すさまじい早さで麓から私を追って来た。」と始まる。快い諧調で流れるこの一文をたどり、読者が意味をとりながら自然に口を動かすと、多分、三・六・三、四・七・六・五、五・三・五・三・五、五・四・五・四・五というぐあいに読み進むことだろう。なめらかな五音をベースに、時おり弾むような三音をはさみながら、この文は若々しいマーチのしらべで流れるように展開する。

谷崎潤一郎の大長編『細雪』にも、何となくひとつの調子のようなものを感じる。「古人の多くが花の開くのを待ちこがれ、花の散るのを愛惜して、繰り返し繰り返し一つことを詠んでいる数々の歌」とか、「昔の人が花を待ち、花を惜しむ心が、決してただの言葉の上の「風流がり」ではないことが、わが身に沁《し》みて分るようになった」とかというあたり、単純な七五調でも五七調でもないが、どことなく心地よい諧調を感じるのだ。

そこで、ことばの切れめに注目して、拍数の構造を調べてみると、「花の散るのを」「数々の歌」「昔の人が」「決してただの」「言葉の上の」「わが身に沁みて」のように、二文節で七音となる流れが多いことがわかる。その間に、「古人の多くが」という四音の連続、「開くのを待ちこがれ」「繰り返し繰り返し」といった五音の連続などを適宜散らしてあるのも有効に働いているかもしれない。

その谷崎を師と仰ぎ、同じく源氏物語に思い入れ深く現代語訳を完成させた円地文子。東京上野の動物園に近い、通称くらやみ坂の途中にあるその円地邸を訪問した折、小説『なまみこ物語』に出てくる「下襲《したがさね》の紅の鮮やかに匂っている袖口」という例を持ち出した。現代では嗅覚に限られる「匂う」を視覚的に用いた古典的用法を指摘して、作中における用語意識を問うためである。「死にかかっていることばでも生かしたいのがある」と、そんなふうに古語的な意味を含めて使いたくなることがあるのだと、この作家は振り返った。

冬の一日で、一段高く和室をしつらえ、はなやかな屏風《びょうぶ》を配した部屋の、応接コーナーのソファーから眺めると、眼下に源氏物語の世界を思わせる和風庭園がひろがり、花時でないのが惜しまれた。題材に応じて意識的に用語を変えるが、地の文では品格を崩したくないから流行語は使わず、「擬音的なことば」も避けるという。文章が軽い感じになるのを好まないのだろう。インタビューの速記をもとに起こした原稿に目を通し、「しちゃう」を「してしまう」、「やっぱり」を「やはり」に訂正する美意識と通ずるものがあるように思う。

この節の冒頭に見出しとして掲げた『妖』の一文は、こんな一節に出てくる。「梅雨時のしんめり冷やかな午後であった。」とその段落は始まる。「しんめり」は「湿る」という動詞の湿気をふくませた創作的な擬態語かもしれない。「梅雨時の　しんめり冷やかな　午後であった」

と読みたいリズミカルな散文だ。そして、「千賀子はその日も坂に出て、人気の絶えた往来の静かさに浸っていた。土手の灌木《かんぼく》の緑に半ば埋もれて萼紫陽花《がくあじさい》の花が水色に二つ三つのぞいている。」と続く。このあたりもそれに準ずる諧調が感じられる。

そうして、その一文が現れるのだ。この文も、「薄鈍《うすに》びて　空に群立《むらだ》つ　雲の層が増して／やがて又　小絶《おだ》えている雨が　降りはじめるのであろう」というふうに一瞬のポーズを入れながら読みたくなる。そういう五音に導かれる三部構成の律動が感じられるのだ。「薄鈍びて空に群立つ」という行文には、古典的な趣が漂う。「小止みになっている雨」と書かず「小絶えている雨」とした運筆にもそういう品格が感じられる。そこから発散する文学的なにおいが、浮き上がって気障《きざ》になることなく、しっとりと作品世界に溶けて、落ちついたたたずまいを見せている。

そして、もう一つ、その文から次の「千賀子はこの季節の白い光線を滲《にじ》ませて降る雨が好きなのである」という文へと流れる、移行の妙を味わっておきたい。「白い光線を滲ませて降る雨」という比喩的な描写も、梅雨時の明るい雨の感触をよくとらえているが、散文のリズムと文章の呼吸に関して言うならば、直前の文の末尾、「……降りはじめるのであろう」から、直後のこの文「千賀子はこの季節の……」へと移る、その文間の〈間〉に注目したいのである。

先行文の「降りはじめるのであろう」という文末に、この作家はたしかに句点を打ってその文を形式的に終止している。だが、文章の意味をきちんと理解して朗読する日本人にとって、そこが読点であってても不自然ではないような表現の流れを感じるのだ。もともと句読点のなかった源氏物語を朗読する場合、文の切れめという意識は薄くなる。ここにもそういう玄妙な呼吸が感じられるのである。いわば先行文の姿勢が後続文の側へと傾きかけており、切れているような続いてゆくような、そんな微妙な切れ続きが、伝統的な流麗調の抒情《じょじょう》的空間をふくらませ、心理的なリズム感をかきたてているように思われる。

第七章　曖昧さの幅と奥行

――わかりにくさのグラデーション

19

国境の長いトンネルを抜けると雪国であった。

――川端康成《かわばたやすなり》『雪国』

人間はさまざまな曖昧さの中に暮らしている。空を見ても山を眺めても庭の草花をのぞいても、そういう自然のなかに原色を目にすることはめったにない。街をぶらりと歩いていても、ほとんどは曖昧な中間色で、どぎつさを減じ、目にやさしく、時にはたかぶった心を鎮め、なごませる。

銀座の洋菓子店でパリのマロングラッセを見て「またパリへ行きたくなった」と書き、「パリへ行ったことはないが」と続けて読者をからかうこともできる。「また」が当然「パリへ行く」にかかるものと思って読むからとまどうが、たしかに、「また」が「行きたくなる」の部分だけにかかると考えれば、それでも筋が通る。これは表現の曖昧さを楽しんでいるのだが、一般に、コミュニケーションをさまたげる曖昧さは「悪玉」として括られる。

表現の曖昧さというものは、いろいろなレベルで生じる。声が小さく、発音が不明瞭な場合もあれば、なぐり書きで、何という字か判別の困難なケースもある。「地味」を「チミ」と読むか「ジミ」と読むか、「人気」を「ニンキ」と読むか「ひとけ」と読むかで、意味がまるで違ってしまう。

同音異義語の多い日本語では、特に漢語を耳で聞くとどの語か迷う。仮名書きされても同様だ。「コーエン」という発音が聞こえてきても、文中に「こうえん」という文字を見ても、「公園」「公苑」、「公演」「好演」「口演」「講演」「講筵」、「後援」、「高遠」「広遠」、「香煙」など、数ある候補の中から、正しい一語にしぼるのは容易なことではない。同音語の選択肢は少なくても、「医療」と「衣料」、「園芸」と「演芸」、「抜歯」と「抜糸」などは、文脈上どちらもあり得る場合が多く、日常生活で実際にとまどうことが意外によくある。

そもそも「曖昧」ということばでさえ、曖昧でないとは言えないのだ。いったい「曖昧な表現」とはどんな表現なのだろう。抽象的すぎて、どこに焦点があるのか、具体的につかめない表現、意味がわかったような、わからないような、はっきりしない表現、中間的で、どちらとも断定しがたい表現、複数の意味に解釈できて、そのうちのどれにあたるか決定できない表現と、曖昧さも一様でないことがわかる。

話し手や書き手としては、できるだけ聞き手や読み手に負担をかけないよう、その曖昧さを極力減らす配慮が大事だ。が、当人が自分の表現の曖昧さに気づかないかぎり曖昧さは避けられず、相手の誤解を誘発してしまう。曖昧さを減らすためにはまず、どのような場合にどういう曖昧さが生じるのかをあらかじめ心得ておきたい。

意外に気づきにくいのが、「大きな象」「小さな蟻」という例の形容部分の働きだ。箱の大きさも紐《ひも》の長さもいろいろあるから、「大きな箱を長い紐で縛る」という表現であれば、若干の個人差はあっても、ほぼ一定の意味合いが伝わる。ところが、象は大きな動物の代表格であり、蟻は小さな動物の典型的な存在であるため、象という大きな動物、蟻という小さな動物というふうに、その種類を話題にしている場合もあると同時に、大きな象の中でも特に大きな一頭、小さな蟻の中でも特に小さな一匹というふうに、その種類のうちの個物を問題にしている場合もあるからだ。

「この間亡くなった甘木さんの父親」という言い方をすると、死亡したのが甘木当人なのか、その父親なのか明確でない。「亡くなった」が「甘木さん」にかかるのか、その「父」にかかるのかがはっきりしないからだ。もし父親であれば、多少不自然でも、修飾語を被修飾語の直前に置いて曖昧さを防ぐという鉄則に従って、「甘木さんのこの間亡くなった父親」とすれば、その意味での紛らわしさは消える。もっとも、そこが「父」でなく「妻」とか「愛人」とかになると、そういう立場の人がほかにも何人かいそうなけはいも生じかねず、いささかニュアンスが気になるかもしれない。

これが「再婚した甘木さんの奥さん」となると、文意は錯綜し、何が何だかわからなくなる。まず、「再婚」したのが甘木自身なのか、別れた奥さんのほうなのかがはっきりしないし、その「奥さん」ということばも、離婚した元の妻をさすのか、今度の新しい妻をさすのかも明確でない。ここはやはり面倒でも、「今度再婚した甘木さんの、元の奥さん」という意味なのか、「甘木さんと離婚して今度再婚した元甘木夫人」という意味合いなのか、それとも、「甘木さんの新しい再婚相手」をさすのか、その点を明確にしておかないと、話を聞いた側が、その人物と自分との関係がつかめず、どう対応すべきか判断に困ってしまう。

こうなると、コミュニケーションを円滑に運ぶには、単に表現が誤っていなければいいというレベルの問題ではないことがはっきりする。たとえば、「夫は妻のように歌が上手でない」という表現は、どこも間違っているわけではないが、いろいろな意味に解釈できるから、意図どおりに伝わるかどうか、心もとない。第一は、歌唱力が九〇点対三五点というふうに、妻は上手だが夫は下手だという意味。第二は、八九点対九三点、六八点対七五点、二五点対三〇点というふうに、夫婦の歌唱力を比べると、ともかく夫のほうが劣るという意味。第三は、二三点対二〇点、一五点対一八点というふうに、どちらがいくらか上であっても、ともかく夫婦そろって下手だという意味。すぐに考えられる以上の三つの意味のうち、この場合はどれが正しいのか、そこを解くカギはその表現の内部には存在しない。

表現する側は、相手の負担を減らすために、第一の意味であれば「妻と違って」「妻とは逆に」、第二の意味であれば「妻ほど」「妻よりも」、第三の意味であれば「妻と同じく」「妻同様」などと、それぞれ表現し分ければ、相手は不当に迷わないで済む。コミュニケーションには、相手を思いやる心、いたわりの精神が肝要なのだ。

伝統的に日本語表現では、場面や文脈に多くをゆだね、世間の常識や相手の《想像力に期待》して、隅々まで細かく規定しない傾向が強かった。ことばだけ取り出せば、「漱石の本」も「娘の写真」も「私が好きな人」も「花を贈った人」も「世話になった人」も、すべて複数の意味に対応しうる。「犬のトイレではありません」という貼り紙を見た日本人が、それでは何のトイレだとか、いったい犬の何なんだとかといった的外れの疑問を抱かず、ことばの奥にある表現者の意図をくみとって相手に正確に伝わるという事実は感動的である。

その国の言語文化の慣習がわからないと、とまどったり曖昧に思ったりする。一般に、欧米人からプレゼントを受け取った場合は、その物自体の価値をほめたたえるほうが有効かもしれないが、日本人どうしの間では、到来物よりもその背後にある相手の心づかいに感謝するほうが伝統的な礼儀にかなう。贈り手の目の前で包み紙を広げて中身を取り出すことを控え、大げさにほめることを慎んできたところにも、そういう文化が映っている。

やがて時代が移り、そういう心がきちんと継承されないと、日本人どうしの間でも関係がぎくしゃくする。贈り物をする側が「つまらないものですが」と謙遜して差し出すのが、長い間この国の礼儀だった。そういう文化を共有しない相手だと、つまらないものを贈るとは失礼な仕打ちだと機嫌をそこねかねない。今や、外国人だけでなく日本人相手でも安心できない時代になっているのかもしれない。だが、この「つまらない」は物の価値に対する絶対評価ではない。本来ならば立派な相手にふさわしい高価な品を差し上げるべきところだが、当方としてはこの程度で精一杯なので、失礼の段は平にご容赦いただきたい、そんな気持ちを伝える謙虚な心の表明だったはずだ。

「何もありませんが、どうぞたくさん召し上がってください」と言われて、何もないのに食えるかと、それこそ食ってかかる日本人はまさかいないだろうが、存在しない料理を食するという意味に解して、理屈に合わないと考える人間はいそうだ。だが、この場合の「何も」も、ふだん高級料理を召し上がっているはずの相手にふさわしいほどの料理は「何もない」が、自分の家でせいぜい用意できるこの程度の料理でも、もしもお口に合うようならば、どうかご遠慮なく、そんな気持ちで、精一杯ふるまいながらも慎みを見せているのだろう。こんなふうに、かつての日本人は物よりも心を尽くそうとしてきたように思われる。

ことばは、それだけではけっして万能ではない。表現の不十分な部分を、先方の想像で補ってもらわなければ、正確に伝わらないケースも多い。その意味で、一般にコミュニケーションは送り手と受け手との共同作業なのだが、察しの文化といわれる日本語では、特にそういう傾向が強い。かつてノーベル賞を受けた川端康成は、「美しい日本の私」と題し海外で記念講演をおこなった。「美しい」が「日本」にかかるのか、それとも「私」にかかるのか、曖昧な表現として一時ちょっとした話題になった。もし「美しい日本の女性」という言い方であれば、「美しい」が「日本」にかかる確率が四割、「女性」にかかると考える人が六割といった曖昧さが生ずるかもしれないが、このタイトルで、「美しい私」という意味だと考える日本人はほとんどいない。特別の意図がないかぎり、自分を自分で褒めるのはたしなみがないからだ。

その川端の『伊豆の踊子』の主人公「私」が、伊豆の旅を終えて、下田から東京へ船で帰る、その踊子との別れの場面に、「私が縄梯子《なわばしご》に捉《つか》まろうとして振り返った時、さよならを言おうとしたが、それも止《よ》して、もう一ぺんただうなずいて見せた」という文が出てくる。意地悪くこの一文だけを取り出して、うなずいたのは誰かと問うと、声になっていないことばがわかるのは当人だけだと判断するのか、「私」と答える留学生が多かったという。それが最近は日本人でさえそう思い込む人が増えたらしく、それをもって日本語の曖昧さの典型的な例と説く風潮があると聞いては、黙っているわけにいかない。

小説では、別れが近づくにつれて踊子は無口になり、「私」が話しかけても黙ってうなずくだけに変化したことを描いている。それに、このあたり一帯は、すべて「私」が見た光景や対象が描かれている。さらに、この文の直前に「踊子はやはり唇をきっと閉じたまま一方を見つめていた」とある。これだけで、「さよならを言おうとした」のも、「うなずいて見せた」のも、踊子であることは明らかだ。

それでも、文脈をわざと切り離し、あえて問題の一文だけを読ませる、この悪意に満ちた実験で、被験者は、「言おうとした」、つまり、まだ声となって発音されていないことばを「さよなら」と特定できるのは当人だけだという素朴な思い込みから、「言おうとした」のも、「うなずいて見せた」のも、ともに「私」だと考えてしまう。

しかし、それが踊子であるという状況証拠は、不当に切り取られた文脈の中にそろっている。さらに、この一文の中にも、物的証拠が二つある。はしけで遠ざかったこの距離で、込み入った話などできるわけがない。それに、「さよならと」であれば、「さよなら」ということばを発しようとしたことになりそうだが、ここは「さよならを」とある。仮に小さな子供に「おばちゃんに、さよならを言ってらっしゃい」とうながして、子供がもし「バイバイ」と言ったとしても、親は別にとがめないだろう。つまり、「さよならを言う」というのは、別れの挨拶をするという意味なのだ。これがその一つ。

もう一つは「私が」とあることだ。もし最後まで同じ人間の行為であれば、まともな日本語では「私は」と書くはずなのだ。そこを「私が」としたのは、「時」のあとに別の主体を想定しているからである。別の主体となれば、文脈上「踊子」しか考えられない。

要するに、表現は文の中にあり、文は文章の中にある。文脈からわかることをくだくだしく書かないのが、冗長な表現を嫌う日本語の文章の骨法なのだ。そんなわかりきったところに、くどく「踊子は」などという主語を書くことを、川端康成の美意識は許さなかったのだろう。にもかかわらず、これを曖昧な表現とされたのでは、作者にとってとんだ濡《ぬ》れ衣《ぎぬ》と言わないわけにはいかない。そして、これが曖昧だとされるのは日本語の悲劇である。

帝国ホテルに執筆中の吉行淳之介を訪ねたことは前にもふれたが、その折、吉行作品『原色の街』に登場する「魚谷」と書く人物を話題にしようとして一瞬考えた。これが手紙であれば漢字でそう書いておけば済むが、対話だから声に出して読まなければならない。「サカナヤ」

ではないと思うものの、その珍しい苗字の読み方がはっきりしない。そこで、やむなく作者に「ウオタニと言うんですか、ウオヤと読むんですか」と問うと、書いた当人がしばらく考え込んでから、「僕は目に頼る人間でね。今言われて、どっちのつもりで書いたのかわかんないんだね。どっちがいいだろうねってぐらいになっちゃうわけだ。ウオタニぐらいでしょうね」という意外な反応が返ってきた。

それに関連して、「ご自分の作品が朗読されることを考えますか」と、執筆時の音感意識を問うと、即座に「考えないんですね」と全面的に打ち消し、「それで、時々ギョッとすることがあるんですよ」と、この作家はその縁で、川端康成の小説『雪国』の冒頭文「国境の長いトンネルを抜けると雪国であった」の「国境」をどう読むかという話題に転じて、「わりにみんな安直にコッキョーになっちゃう」けれども、あんなところに「コッキョーはあるわけないんだから」、「あれはクニザカイじゃあるまいか」と言い、「あれはどっち読んでるんですか」と質問を向けてきた。

とっさに、意味としてはクニザカイのほうが自然だが、あまり考えずにコッキョーと読んでいる人が多い旨伝えたものの、この問題はいささか複雑である。一般には長い間コッキョーと読んで疑わないできたが、ある雑誌の座談会で、出席者の一人がクニザカイと読むべきだと発言した際に、同席していた作者の川端自身が否定しなかったという事実から、クニザカイ説が力を得て広まった、そんないきさつがあるらしい。ところが、後日、日本文体論学会で、『雪国』の表現をテーマにしたシンポジウムの司会を務めた機会に、パネリストの一人であった川端の養子にあたる川端香男里《かわばたかおり》にその話をしたところ、川端康成ははっきり物を言うような人ではないから、否定しなかったからといって肯定したことにはけっしてならないと教えられた。

結局、問題は何ひとつ解決したわけではない。

「小扇《こおうぎ》」と題する津村信夫《つむらのぶお》の短い詩には「指呼すれば、国境はひとすじの白い流れ。／高原を走る夏期電車の窓で、／貴女《あなた》は小さな扇をひらいた。」とあり、リズムの面でもこの「国境」は音読みしたくなる。それに、日本国内にコッキョーは存在しないとも断言しがたく、上州《じょうしゅう》と越後《えちご》との国ざかいを意味する「上越国境《じょうえつこっきょう》」という音読みの用語もあるようだ。問題の小説『雪国』の文中にも「国境の山々」という表現が散在するが、多くの場合、どちらに読んでも特に違和感はない。

吉行の話の焦点は、「あれなんかも、川端さん意識して書いたかどうか」というところにある。作家のなかには、読者がどう発音するかということをほとんど意識せずに文字を書くタイプがあり、自分だけではなく川端もそうだったのではないかと、目の作家、耳の作家という持論を展開したのだろう。

本節の冒頭に掲げた小説『雪国』の冒頭文は、日本語の特徴がよくあらわれているとして話題になることもある。日本人はごく自然な感じで何の抵抗もなく読んでいるが、そのまま英語に訳せないらしい。「トンネルを抜け」たのは誰か、何が「雪国であった」のか、どちらの主体も表面に顔を出していない。必要がないかぎり、いわゆる主語にあたるものが明示されないのは、自然発生的なあり方を好む日本人の表現特徴と深く関連する。

英訳では原文にない「列車」を主語に据え、列車がトンネルを抜けて雪国に入ったという解釈を持ち込む。だが、そうなると、その列車を外から眺めている感じに変わり、日本人の読者は作品世界にしっくりと入り込めない。作中の眼はそんな全貌を俯瞰する位置にはない。車中にある島村という人物の感覚でものをとらえているようにも読める。だからこそ、それまで雪ひとつなかった上州からトンネルを抜けて越後に入った瞬間、闇の底に一面の銀世界がひろがっているのに驚く。「雪国」という語にそういう感動が映っているのだ。

無為徒労の現実の生活のいとなまれるこちら側の世界と、駒子や葉子の住む向こう側の世界――長いトンネルの手前と先とを、此岸と彼岸、この世とあの世になぞらえる深読みがある。そう読んでもおかしくないほど、なにやら意味ありげな姿で立つ一文である。

20

幻想であるにしてはあまりにも細部がくっきりとしていたし、本当の出来事にしては全てが美しすぎた。

——村上春樹《むらかみはるき》『ノルウェイの森』

現実か幻想かと、夢うつつのうちにたどるのは、あの夜の信じがたい一景、上巻の終わり近くに出現する出来事だ。その描写に入る前に、状況の簡単な説明が必要だろう。

「直子」は「僕」の神戸の高校時代の親友「キズキ」の恋人だった。一七歳のキズキは自宅のガレージで自殺。残る二人は東京の別々の大学に進学し、時折デートする。先に二〇歳の誕生日を迎えた直子を祝いに、武蔵野のアパートを訪ねた「僕」は、夜を共にする。行為のあと、直子は突然ことばを失い、「僕」は、落ち着いたら電話をくれるようにメモを残し、部屋を出る。が、いつまでも連絡がないので、再訪すると、すでに引っ越していた。

神戸の住所に宛てて手紙を出しても返事がなく、しばらくして長文の手紙を送ると、それから一月も経ったころ、ようやく短い返事が届き、大学を休学し、神経を休めるために外界から遮断された京都の山中にある療養所で日を送っていると知る。

秋になって「僕」はその療養所を訪ねる。幼なじみのキズキの話などをしながら、直子は突然、沈黙し、体を震わせながら泣き出す。しばらくして発作がおさまり、直子が寝室に引き上げたあと、「僕」はブランデーを飲んでソファに横になり、いつか眠ったらしい。

夜中にふと目を覚ますと、直子がしゃがんで窓から外をじっと見ている。「寝る前には髪どめを外していた」はずなのに、その直子は髪の片側を蝶の形をしたヘアピンでとめているのが、月明かりで見える。やがて立ち上がると、「僕」の目をのぞく。その直子の「瞳は不自然なくらい澄んでいて、向う側の世界がすけて見えそうなほどだった」が、その目は何も語りかけてこない。そうして、直子はガウンを脱ぐという奇異な行動に移る。

「ボタンは全部で七つあった」とあり、「僕は彼女の細い美しい指が順番にそれを外していくのを、まるで夢のつづきを見ているような気持で眺めていた」と続く。「彼女が指でボタンを外す」のではなく、指が外すのだ。当人の意志とは無関係に、指が勝手に動いている感じとなり、神経を病む直子ならいかにもありそうな現実味を印象づける。同時に、その女性の存在感を殺ぎおとし、非現実化する方向へと作用する。

そのガウンを脱ぎ捨てると、直子は何も身につけていない。裸体のほんのわずかな動きにつれて、月光のあたる場所が「微妙に移動し、体を染める影のかたちが」かすかに変わる。「丸く盛りあがった乳房や、小さな乳首や、へそのくぼみや、腰骨や陰毛のつくりだす粒子の粗い影はまるで静かな湖面をうつろう水紋のようにそのかたちを変えて」ゆくのだ。

やがて「僕」は東京に戻り、大学の親しい女子学生、緑の父親が入院している病院にいっしょに見舞いに行く。用ができて緑が外出している間、あの夜の直子の不可解な行動を考える。どうして裸になったのか、夢遊病状態での行動だったのか、それとも自分が夢の続きを見ていたのか、単なる幻想にすぎなかったのか……といくら振り返ってみても、幻想であるにしては細部まではっきりと見えていたし、事実であったにしてはあまりにも美しすぎたように思う。

寝る前に髪どめを外していたはずなのに、蝶のかたちをしたヘアピンでとめていた記憶、夢の中で柳の枝にとまっていた小鳥の形をした金属片との類似を描くことで、夢や幻想という雰囲気を強め、一方、直子の体を乳房・乳首・へそ・腰骨・陰毛と具体的な部位をリアルに描くことで状況に現実味を与え、それらの微妙な動きが月の光を受けて変化するようすに「静かな湖面をうつろう水紋」のイメージを重ねることで、その現実味を薄める。

夢か、現か、幻か。その間のバランスを加減して均衡を保つ、絶妙の《ぼかし》と言えるかもしれない。その夢のような現実と、現実味を帯びた夢とのはざまで、読者は幻想的な気分にひたり、ひとりたゆたう思いにしばらくは揺れつづけることだろう。

21

あれは、お医者の奥さんのさしがねかも知れない。

――太宰治《だざいおさむ》『満願』

昔、入学試験の合格発表が大学構内の掲示板だけだった時代のことである。発表当日、受験生本人はどこか別の土地で他大学の入試を受けているかもしれない。そうでなくても、遠い地方からわざわざ合格発表を見に上京するのも大変だから、受験生本人の代わりにその番号の合否を確認して当人に知らせる学生アルバイトが繁盛した。早稲田大学の場合、電報会という名だったから、初めは電報を利用していたのだろう。

なぜかテレビでその会の活動の模様を取り上げているのを偶然目にした。そのころはもう電報ではなく、ほとんどが電話で知らせていたらしい。掲示板にその番号がないとき、その事実をどういう言い方で先方に伝えるかに注目してみた。すると、「落ちました」とか、「不合格でした」とかと、ストレートに伝えるケースは、画面で見るかぎり皆無で、まだ世間慣れしていないはずの学生でも、さすがにほとんどが遠まわしな言い方をくふうしていることに気づいた。日本人は露骨過ぎる表現を回避し、そこに何がしかのクッションを置いて、衝撃をやわらげようとする傾向が強い。

番号も、「ありませんでした」とは言わず、「見当たりませんでした」という言い方をする。たしかに、採点から発表に至るまでのどの段階かでミスがあったという可能性はゼロではないし、自分が見落とした可能性まで含めると、絶対に確かなのは、「見当たらない」という段階までなのだろう。

肝腎の合否の話題を飛ばして、いきなり「残念でした」と切り出すケースもある。その結果をもたらしたほとんどは不合格という事実そのものなのだが、どちらのケースも、万が一の可能性を考えて、そういう含みを残し、相手のショックをやわらげる表現となっていることに感心した。

こんなふうに、馬鹿正直に対象を正面からあからさまに描かず、視点を転じて、ものごとを別の側面からとらえて表現するケースは、日常生活で広く頻繁におこなわれている。野球で、捕手を務めることを「マスクをかぶる」と言い、四球を与えることを「歩かせる」と言い、ホームランを打つことを「アーチを描く」と言うのはその一例だ。「走者を迎え入れる」のも、「マウンドを降りる」のも、「ベンチが動く」のもそういう婉曲《えんきょく》な表現である。

推理小説などで、よく「時計の針は七時十二分を指していた」などという表現に出あうが、これも時計の針の位置を伝えたいのではなく、事件などの起こったのがその時刻だったことを遠まわしに述べているにすぎない。

　夏目漱石も小説『坊っちゃん』で、物理学校での坊っちゃんの成績について、「三年間まあ人並に勉強はしたが別段たちのいい方でもないから、席順はいつでも下から勘定する方が便利であった」と書いている。もしもこれが、坊っちゃんの名を、前から探すよりも後ろから探すほうが早く見つかるという、所要時間や効率を述べたいのであれば、これがストレートな表現ということになるが、ここでは坊っちゃんの成績がいかに悪かったかが主たる情報だから、それをそのまま表現せず、成績が悪い結果として生じる現象に置き換え、そこから間接的に真意を類推させる間接的な伝え方を選んでいることになる。

　井上ひさしの小説『四十一番の少年』にも、「腕の上で孝の頭が重くなった」という表現が出てくる。ここも、少年が急に成長して頭の重量が増えたわけではない。抱いている子供が眠ったという事実を、その結果として腕に重さを感じる、その感覚の変化にすりかえて婉曲に描いているのである。

　この節の冒頭に一文を掲げた太宰治の短編『満願』はこんな話である。三島に滞在中、ふとしたことで懇意になった医者の家で、「私」は毎朝、数種類の新聞を読ませてもらうことにしていた。ある朝、縁側で新聞を読んでいると、いつもその時間に薬を取りに来る若い女に、医者が大声で「奥さま、もうすこしのご辛抱ですよ」と言うのが聞こえた。

医者の奥さんの話では、三年ほど前に肺の病気になった小学校の先生の、その奥さまらしく、病気はこのところどんどんよくなってきているという。作者はそこに「お医者は一所懸命で、その若い奥さまに、いまがだいじのところと、固く禁じた」と書き、「奥さまは言いつけを守った」と続けるが、「禁じた」対象も、「守った」事柄も、一切記さない。これが《表現の節度》というもの。察しの悪いこちこちの読者には何のことか見当もつかない。

その後も、「それでも、ときどき、なんだか、ふびんに伺《うかが》うことがある」と書き、やはり「お医者は、その都度、心を鬼にして、奥さまもうすこしのご辛抱ですよ、と言外に意味をふくめて叱咤《しった》する」と続けて、「伺う」の内容も、「辛抱」の対象も、「叱咤」の背景も、何ひとつ明かさないまま、作品は気品に満ちた美しいラストシーンへと吸い込まれてゆく。しつこいまでに作者のたしなみを示す、いかにも太宰らしい、まぶしいほどの美意識だ。

ある朝、脇に坐《すわ》っていた医者の奥さんが「ああ、うれしそうね」と「私」にささやく。見ると、あの女性が帰って行く。奥さんは、「けさ、おゆるしが出たのよ」と、またささやく。

読者の脳裏に、「ふと顔をあげると、すぐ眼のまえの小道を、簡単服を着た清潔な姿が、さっさっと飛ぶようにして歩いていった。白いパラソルをくるくるっとまわした」という印象的な映像を残して、作品は美しく消えてゆく。三年にも及ぶ「辛抱」が実って、ようやく医者の許可が出、その歓びを素直に全身で表現する女性の美しい所作である。

「年つき経つほど、私には、あの女性の姿が美しく思われる」と書いたあと、作者は「あれは、お医者の奥さんのさしがねかも知れない」という、この節の冒頭に掲げた一文を投げ捨てる。「あれ」についても最後まで語らない。

第八章　文章のふくらみ

——余情と背景

22

現在連れ添う細君ですら、あまり珍重《ちんちょう》して居らん様だから、其他は推《お》して知るべしと云っても大した間違はなかろう。

——夏目《なつめ》漱石《そうせき》『吾輩は猫である』

人生に、汗水たらして働くだけではない、ゆとりの時間が必要なように、文章にも的確で効率のよい表現を求めるだけではない。人間は《ことばで遊ぶ》楽しみも知っている。前にもふれたとおり同音異義語の多い日本語の世界では、同音や類音のことばを活用するさまざまな試みで、日常生活を潤す例が至るところにころがっている。

そのいい例が、無理に意味をこじつけて、笑わせたり記憶を助けたりする、いわゆる語路合わせだ。二月、四月、六月、九月、一一月という小の月を、「西向く士《さむらい》」と唱えて暗記しやすくするのは、その典型的な例として広く知られている。五の平方根「二・二三六〇六七九」に、何の関係もない「富士山麓鸚鵡《おうむ》啼《な》く」などと、驚くような意味をこじつけるのもその好例だろう。

電話番号や車のナンバーなどにも、そういう例が多い。「四一二六」は「よい風呂」と読めることで、温泉旅館に人気の番号になっている。「七九六四」を「鳴く虫」、「三九八七」を「咲く花」と覚えるのも、同様だ。「五九六三」は「ご苦労さん」。電話番号の「五三―三七五一」を、「ごみ皆来い」と記憶する人もある。「〇八七八」を「お花屋」、「八七八三」を「花屋さん」と読ませ、花を売る店の宣伝に使うこともある。ただ、「六九七四」を無理して「ろくでなし」と読み、「一五六四」をあえて「人殺し」と読んだり、「三〇五―〇八七八」を「ミーは困るヤナやつ」などとこじつけたりする、へそまがりの相手もあるから、油断はならない。

酒の席で、呑まずにすぐ飯を食う人を、昔は「下戸《げこ》にご飯」とからかったようだ。むろん、ことばの奥に類音の「猫に小判」を連想させる響きをひそませた洒落だ。「海豚《いるか》なんか居るか」というせりふも、意味なんかどうでもいいのである。定年退職後の境遇を近年、「サンデー毎日」と週刊誌めかす例も見かける。悠々自適の身分をいくぶん自嘲ぎみに照れているのかもしれない。オードリー・ヘップバーンならぬ「裏通り」の老婦人の余暇を「老婆の休日」と揶揄《やゆ》する例もある。「老婆は一日にして成らず」ということわざのもじりなど、考えすぎると複雑な心境になる。どちらも映画やことわざとは無縁で、「ローマ」と似た響きのことばをあてはめて類音を楽しんでいるにすぎない。

電車の中吊り広告で、「ご腸内のみなさま」と町内に呼びかける薬の広告や、「中年老いやすくガクガクなりやすし」といった、朱子も驚く人間ドックの宣伝を見かけたこともある。犬と散歩をしていて公衆浴場の塀に「コミュニティーセントー」と書いた貼り紙を発見したときは思わず笑った。透かし絵になっている「センター」と「銭湯」とが結びつくなどとは、それまで思ってもみなかったからである。

夏目漱石の『吾輩は猫である』の登場人物にも、この種の名づけが多い。「珍野苦沙弥」は「狆《ちん》のクシャミ」、「迷亭」は「酩酊」、「理野陶然」は「理の当然」、「立松老梅」は「たちまち狼狽《ろうばい》」のもじりだ。実在の「尼子」という医者を漱石は作中に「甘木」という名で登場させているが、弟子筋にあたる内田百閒はその二字をくっつけた「某」の字に見立て、随筆中にしばしば「甘木」を普通名詞に近い感じで愛用した。やたらに時間厳守とうるさい人を、米原万里《よねはらまり》は「テーコク主義者」と呼ぶが、侵略戦争とは何の関係もない。

井上ひさしは『国語事件殺人辞典』に、「ビン類はみなチョーダイ」とふれまわる廃品回収業者を登場させる。このような際物《きわもの》は、時が経ち、やがて「人類」と「兄弟」が連想できなくなるあたりが、笑味期限だろう。

同じ井上の『おれたちと大砲』に、「薩長《さっちょう》の反逆を思えば腹が立つ。君家の窮状を思えば涙が流れる。腹立ちと涙を押えて暮すのは窮屈だ。とにかく人の世はお先まっくらだ。お先のくらいのが高じると、明るいところへひっ越したくなる」という一節がある。意味はそれなりに通るが、「……ば……が立つ……ば……流れる……窮屈だ……とにかく人の世は……が高じると……ところへひっ越したくなる」と展開するこの調子、読者はどこかで聞いたような気がする。それもそのはず、「智に働けば角が立つ。情に棹《さお》させば流される。意地を通せば窮屈だ。兎角《とかく》に人の世は住みにくい」として、行を改め、「住みにくさが高じると、安い所へ引き越したくなる」と続く、夏目漱石『草枕』の冒頭部の、あのリズミカルに畳みかける有名な一節を下敷きにして展開しているのだ。

素知らぬ顔で、「角が立つ」が「立つ」の縁で「腹が立つ」に転じ、「兎角に」が「とにかく」にすり替わり、抽象的な「お先まっくら」から具体的な「明るいところ」へと短絡的に飛び移る、そんなとぼけた仕打ちが滑稽感をかきたてる。

この節の冒頭に一文を掲げた『吾輩は猫である』からの引用は、このような洒落やパロディーといった言語遊戯の類ではないが、「吾輩」と名のる猫の語り手が、ことばの無駄づかいを楽しんでいる余裕の語り口がおかしみをかもしだす。苦沙弥《くしゃみ》先生が細君に起こされてもろくに返事もしないことを評し、「人間も返事がうるさくなる位無精になると、どことなく趣がある」という一般的な傾向を持ち出す。それに該当するのかと思いきや、この主人にはそんな趣など薬にしたくもないと全面否定し、「女に好かれた試しがない」と痛烈に批判する。

そして、一緒に暮らしている細君にさえもてない主人が、世間一般の淑女の気に入るわけがないと、さらに追い討ちをかけるのだが、このインテリ猫はこういう辛辣な人物評を、もってまわった言い方で、実にくねくねと皮肉たっぷり展開させる。

まず、「現在連れ添う細君ですら、あまり珍重して居らん」と、家族にさえもてない現実を述べ、そのぐらいだから「其他《その》は推して知るべし」と記して、まして他人にもてるはずはない、という意味を感じとらせる。ここで文を切ったとしても十分に婉曲《えんきょく》であり、ことばで細部まで表現せずに、読者が想像で補う余地を残している。

ところが、この老成した語り手の猫は、この程度の間接性では満足がいかないらしく、そのあと、さらに「と云っても大した間違はなかろう」というところまで、表現をもうひとまわりくねらせるのだ。

ことばの迂回路をたどる、こういうもってまわった言いまわしが、いかにも尊大な語り口を印象づける。そういう偉そうな主体と、人間が日ごろ小馬鹿にしている「猫」という軽い存在とのあまりの落差。小説の内容とは別に、それが皮肉なおかしみとなって広がり、読者を表現の魔術で楽しませるのである。

23

妻がそういったときの気持が、私のなかに、雨のしずくのように、流れこんでくるようだった。

――辻邦生《つじくにお》『旅の終り』

以前、早稲田・青山学院・成蹊の三大学のいずれも文系の学部で、学生を対象に文章の《余情》の実態を調査したことがある。小説一〇編の冒頭または末尾から、数百字の文章を切り取り、それぞれにどの程度の余情を感じるか、三段階の判定を求めた。もしも被調査者の全員が「かなり感じる」と判定すれば計一〇〇点、全員が「少し感じる」と判定したり、「かなり感じる」と「まったく感じない」という判定が同数だったりした場合に計五〇点、全員が「まったく感じない」と判定すれば〇点となるような方式で、仮に「余情得点」と名づけた数値を算出した。

その結果、この作品『旅の終り』の末尾の文章が八四・三点で最高点を記録した。ちなみに、以下は、安岡章太郎『海辺の光景』の末尾が七四・九点、石川淳『紫苑物語』の末尾が七二・〇点、阿部昭『大いなる日』の冒頭が七〇・五点となり、比較的余情を感じさせやすい上位グループを形成した。

調査に用いた『旅の終り』のラストシーンは、こういう箇所である。欧州を長く旅してきた夫婦が、そろそろ帰国しようと思っていた「旅の終り」に、滞在していた小さな村で、見知らぬ若い男女の服毒心中事件が起こる。「私たちはその夜、一晩じゅう雨の音をきいていたように思う」。「どうしても一人で寝られない」と、妻がベッドに入って来てかすかな寝息を立ててからも、「私」は眠れないでいる。どのぐらいの時間が経過したか、そっと起き上がって窓の外を見ると、「雨はまだ降りしきり、街燈の光のなかで、雨脚がしぶきをたててい」る。「雨につつまれた町は死にたえたように静まりかえ」り、「事件のあった家も闇のなかでひっそりして」いて、「さっきの騒ぎはうそのよう」だ。

「雨にうたれた空虚な闇」を見ていると、若い男女の死んだことが、「私」には「安らかな、ある悲劇の終末のよう」に思われ、そこには、「空虚と沈黙」だけでなく、「果しない休息もあるような気」がしてくる。「こんな静かな町で、誰にも知られず、野心もなく、暮してみてもいいわね」と、妻がつぶやいた。冒頭に引用した一文は、そのことばを受けて展開する。このあたりの文章が、多くの若人に、きわだって余情を意識させるのはなぜだろう。表現に沿って具体的に考えてみたい。

第一に、〈雨〉という素材の効果だろう。読者のイメージの中で、街燈の明かりに照らされた雨が主人公の物思いに沈む姿を映し出して降りしきる。妻の気持ちが主人公の心にしみこむさまを、「雨のしずくのように、流れこんでくるようだった」という、しっとりとした比喩で表現した点に注目したい。一般に喩えに用いられるイメージは、物語の内容とは無関係に自由に選べるから、時代背景などを除き基本的に制限はない。そこにこの作家が、あえて作品場面に材を求め、「雨のしずく」を起用したのは、イメージをそのシーンに溶けこませるためだったかもしれない。少なくとも結果として、その雨の冷たさと潤いが、いわば被写体としての「私」の内面にまでしみこむように、読者は読むことだろう。

第二として、「愛してたんでしょうが……よくあることです」というジュゼッペの会話や、「歴史もなく、歴史に鞭《むち》うたれることもなく……。」「おそらく私たちは明日午後の列車で町をたつだろう、何一つ未練なく……。そして五年後には、ジュゼッペのことも忘れるだろう。おそらくこの小さな事件のことも……。」というふうに地の文にも散在する「……」というリーダーの働きを取り立てておきたい。文中の余白を視覚的に印象づけ、省略感を誘い出す。その場の重苦しい空気のせいで、ことばを中断したり言いよどんだりする、そういう息の詰まりそうな沈黙のけはいを運んでくる。読者はそこに語り手の息づかいを聴き、感情の動きを読みとることだろう。

第三として、〈景〉と〈情〉との一体化が働いている事実をあげねばならない。「おそらくこの小さな事件のことも……。」の直後に、「にもかかわらず私はこの町にとどまりたい激しい衝動を感じた」と展開し、そこから「一瞬ふれあい、また永遠に離れていってしまう何かである気がした」と続くあたりにも、現実とぶつかる衝撃を直写するのではなく、その衝撃の与える内面的事実として間接的に描く姿勢が感じられる。やがて読者の心の中でイメージの広がる、そのためのいわば「溜めをつくる」表現として働いているのだろう。

第四として、このあたり一帯の文章が、旅を舞台にして人生を語っている構造的効果をあげておきたい。人や風物との出会いと別れ、それが旅であるとすれば、人生もまた、そういう出会いと別れのくりかえしと言えるだろう。この作品は、ただでも感傷的な気分にひたりやすい旅先の、それも別れ際に、ふと垣間見《かいま》ることとなった見知らぬ二つの命の終わり。旅と人生という二つの映像の遠近感が、文章の奥行を広げ、余情を誘う。

第五として、非限定的な表現の効果を数えておこう。「空虚な闇」という表現などはその象徴的な例だが、「ある悲劇」という不定の指示、「永遠に離れていってしまう何か」といった非限定の表現、「なぜか」と始まる未解決の叙述、「見わけることもできなかった」という不確定の記述、「……なのであろうか」「……のように？」といった疑問形、「おそらく」と推量を重ね、「である気がした」と断定を回避する文末を多用する。いずれも、ふくみをもたせ、想像力を刺激する書き方だ。

そうして、それまで感じ考えてきた主体としての「私」の行為が、「私は思わずそうつぶやき、街燈の光のなかにしぶく雨脚を、ながいこと見つめていた」と過去形で記され、眺められる対象の位置へと遠ざかって、この場面は終わる。こうしてその姿が画面から遠ざかるにつれて、きっと読者の心にものを想う気持ちが広がってくることだろう。

24

どうか、そんな気の早いことを二人で話さないで下さい——和子のいった「蚤」とは、どうやらそういう意味もあるらしい。

——庄野潤三《しょうのじゅんぞう》『絵合せ』

まずは、日本で一番よく知られている小説、夏目漱石の『坊っちゃん』から、一見何でもなさそうな表現をとりあげてみよう。作品発表後間もない明治三九年の『文學界』九月号に、作者みずからこの主人公の人物評を記している。

それによれば、この坊っちゃんという人間は同情に値する愛すべき人物ではあるが、単純すぎて経験にとぼしく、今のような複雑な社会では円満に生きていけない人だという。この作品は、社会という「不浄な池」に勢いこんで飛び込んではみたものの、案の定この現実の世界を器用に渡ることができず、大きな失敗に終わったその冒険談を、家族に愛されない自分を格別かわいがってくれた下女の清《きよ》に向かって語って聞かせる感じの物語だ。

松山の中学校の数学教師として赴任するため、その清を残して遠く旅立たなければならない。四国へ行くので、おみやげは何がいいかと聞くと、越後の笹飴《ささあめ》と言う。方角が違う、西の方だと言うと、箱根の先か手前かと尋ねられ、坊っちゃんはもてあます。それでも、そんな遠い土地かと心細がる清を、行くことは行くがじき戻る、来年の夏休みにはきっと帰って来ると、なんとかなだめて、いよいよ旅立つことになった。

出立の日には朝早くからやって来て、あれこれ指示し、「来る途中小間物屋《こまものや》で買って来た歯磨と楊子《ようじ》と手拭をズックの革鞄《かばん》に入れて呉《く》れ」るなど、例によっていろいろと世話をやく。「そんな物は入らない」と坊っちゃんが言っても、清は「中々承知しない」。こんなやりとりひとつにも、二人の関係や清の人物像が描かれている。

いよいよ汽車に乗り込んで出発する直前、清は小さな声で、「もう御別れになるかも知れません」と言って、目を潤ませる。そのようすを見て、坊っちゃんもあやうく泣きそうになる。顔を合わせるのがつらい。汽車が動き出しても、すぐ振り返ると、ほんとに泣いてしまいそうなので、しばらく振り向かないでいた。

「汽車が余っ程動き出してから、もう大丈夫だろうと思って、窓から首を出して、振り向いたら、矢っ張り立って居た」と書いた漱石は、そのあとに「何だか大変小さく見えた」という短い一文を投げ捨て、さらりとその章を閉じてしまう。

坊っちゃんがもう一度振り返ったのも、そのとき清がまだ立っていたのも、人と人とが心を通わせる人情の世界の一景である。だが、その二人の人間の気持ちにはまったく立ち入らないまま、別のシーンへと切り替えるのだ。

「汽車が余っ程動き出し」たあとなのだから、相手の清の姿が小さく見えるのはあたりまえで、何の不思議もない。それなのに作者は、なぜそこに「大変」ということばを加えて強調したのだろう。似たような意味合いでも、「ごく小さく」とか「きわめて小さく」とかという言い方であれば、その小ささを単に強めたにすぎないが、「大変」という語には、そう判断した人間のちょっとした驚きがこもっているような気がする。そのため、客観的な程度を示したというよりは、実際に振り返って見ると、予測した清の姿よりずっと小さく感じたという、坊っちゃんの心の動きが映っているのかもしれない。清との別れが今はっきりと現実のものとなったという感慨がそこに重ね合わされているように思われる。

このような心理的な読み方を誘うのが、それに先行する「何だか」という副詞的な連語だろう。「何だか」とあるからには、「大変小さく見えた」という、目の前のこの現象が、単なる物理的な事実にとどまらず、理由は定かでないまでも、なぜか不思議に、というニュアンスが生じるからである。

きっとそのとき、坊っちゃんには、自分の気のせいかという気持ちが動いたことだろう。ひとり残される清をかわいそうだと思う気持ちに、東京に生まれ育ち、鎌倉以外にほとんど出かけたこともない自分が、はるか遠い見知らぬ土地へ向かって、こうして今ここまで来てしまったという心細さのようなものもいくぶん重なって、やけに小さく見える、そんな主人公の心の動きも読みとれるような気がするのだ。

作者が無意識に書き捨てたのかもしれない、この「何だか」という一つのことばが働いて、読者の胸に、ものさびしさとかすかなおかしみの入り交じった味わい、ユーモアのうちでもしみじみとおかしい《ヒューマー》が漂う。それは、あるいは、「何だか」という無造作なことばの背景をたどることによって、読者が発見した意味であったかもしれない。ともあれ、そういう感情を置き去りにしたまま、作者は無言で次章へと場面を転換する。

庄野潤三はおのずとこみ上げるそのヒューマーを大事にする作家である。今は昔、多摩丘陵の先っぽの丘の上の庄野邸を訪ねたのは五月下旬、思いがけない雑煮をふるまわれ、その味に感動して、後日、文面でのちょっとしたやりとりがあった。日常生活に対する静かな感動を描いてきたこの作家をとりあげるにあたり、そんな古い記憶がひょいと顔を出した。

今では、多くの人びとが、それがあたりまえのように、さしたる感動もなく過ごしている平穏な日々を、この作家は戦時下で「ありがたい瞬間」、すなわち、あることの難しい貴重なひとときとして味わってきた。一度失えば二度と戻ることのない平和な日常生活を、「明日は保証しがたい」状況の中で、まさに「ありがたい瞬間」として生きてきた。そういう事実が根底にあるが、同時代に生きた作家がみなこういう作品をつづるわけではないし、「平和な世の中になれば、そういう感じは薄れてしまうはずなんですけれども」と振り返り、自身で「あとは自分の性分なんでしょうね」と笑った。

ありふれた家庭の日常生活のひとこま、ひとこまを淡彩でデッサンする。その一枚ずつの絵と絵との間には、起承転結もなければ、因果関係のような論理的なつながりも一切なく、そこにあるのは流れる時間だけである。一見何でもないほんの些細なことを、ごく平易なことばでつづる作品が、どうして文学などという大それたことになるのか、長い間ふしぎだった。現実の生活から何をつかみだすか、そして、それをどう並べるか、インタビューでも、そういう話題に及ぶと、穏やかな顔にけわしい翳《かげ》が走り、真剣な表情に変わる。

小説『夕べの雲』に、息子の宿題を父親が指導する場面がある。音楽を聴いてその感想を書くのだが、「オーストリアの皇帝だ」と言ったあと、「そんなことは要らない。皇帝だけでいい。なるべく簡単にしてしまうのがこつだ」と教える。これはまさに、「勘どころをつかんでそれを少ないことばでまとめる」、「そうしておけば、その周りは言わなくても浮かび上がる」とする自身の創作過程を語っているのだろう。

『静物』で、名前さえ出さずに、人物を単に「女の子」「男の子」「下の男の子」として登場させ、舞台となる土地も固有名詞を出さない書き方は、その世界を普遍的にする童話的な手法なのかと問うと、「世界のどっかの国に斯《こ》ういう男が住んでおりましたというふうな、中村さんのおっしゃる童話あるいは寓話という気持ちは、僕の中にあったと思います」と、この作家は率直に認めた。

そういうやり方で、この作家は、長い間にわたり、何ということもなさそうな日常の雑事をとりあげ、ことに穏やかな家庭生活におのずと萌《きざ》す歓びを、何ものにも代えがたい貴重な時間として、飽くことなく丁寧に描いてきた。対象は同じ家族でも、時とともに人も移ろう。『静物』で小学校の五年生だった長女は、『夕べの雲』では高校二年生に成長し、この節の冒頭に一文を掲げた『絵合せ』という作品では、もうすっかり大人になり、近く結婚することになっている。

この小説は、その長女が嫁ぐまでの大事な時間、親夫婦と子供が三人という五人家族として暮らす最後の貴重な日々を、そのデッサンとエピソードでつづった作品であると言ってよい。ありふれた日常の家庭生活でおのずと湧き出るおかしみを大事にし、流されるような感傷を遠ざける庄野文学では、この家族はちょっと変わっていると思われそうな題材を選び、ものごとのおかしみを感じとる方法を武器に淡彩で仕上げる。これもまた、そういうタッチで、かけがえのない日々を描いた中編だ。

大学入試の準備で本来ならそれどころではないはずの長男の遠慮がちの提案で、結婚を間近に控える娘を抱えた家族が、それぞれなんとか時間をひねりだし、全員で絵合せをしようとする。小説のタイトルはそういう題材を正面にすえたものだが、それは作品のテーマを象徴するとも言えるだろう。家族がそれぞれ「万障繰合せ」て、たわいのない絵合せという遊びに興じ、長女の結婚式が近づくにつれて次第に盛り上がってゆく。

挙式まであと二週間と迫ったある日、両親が、間もなく嫁に行って空く長女の部屋を、これから何に使おうかと相談していると、長女の和子当人が顔を出し、突然「蚤《のみ》が出るよ」と言った。自分はまだこの家の子としてここにいる、家族みんなと一緒にご飯も食べれば、掃除だってする、まだしばらくはこの家の一員である自分の部屋なのだから、そんな気の早い話をしないでよ。たぶんそんな気持ちで、ささやかな抵抗を試みたのだろう。「蚤が出るよ」という意表をつく絶妙の牽制球だ。この一言は、結婚を間近にひかえて、うれしさとさびしさに心揺れる娘が、最後に親に甘える、ユーモラスな訴えとして、読者の心にしみてくる。

『静物』のころは、「枝葉を取り去る、センテンスも短く短く、ということを考えすぎて気持ちの余裕がなかった」と内省したあと、「今はもう少し柔らかさ、しなやかさが出てきてると思う」ということばを受けて、「そういう、ふくらみのある文章というあたりに、庄野さんの理想とする文章のお考えが集約される」と受けとめていいかと問うと、「ふくらみ」というのはいいことばだと認め、「彫琢《ちょうたく》した文章よりも内容が大事で、内容が優れていればおのずと、いい文章になる」と答えた。

最後に、「美しい文章と言われると、抵抗をお感じになりますか」と質問を向けると、「それより、ユーモアがあると言われたほうがうれしい」と応じ、「僕が求めてるのは美しい文章じゃなくて、読んでるとひとりでに笑えてくるような文章」なのだと言う。そうして、「人間がまともに生きてるのを見ると、どっかしらおかしいところがあるもので」、「まじめなところにしかおかしみもないし悲しみもない、というのが僕の文学観なんです」と、このインタビューを締めくくった。

『坊っちゃん』の「何だか」と同様、この「蚤が出るよ」という一見なんでもないことばも、そのことばの背景を併せ考えるとき、どちらも、わざとらしくない、ふくらみのある珠玉のヒューマーとして読者に働きかけ、しばらく口を利きたくない気分にすることだろう。

第九章　開閉の妙——冒頭の仕掛けと結びの残像

25

この、奇妙な、しかし考えようによってはこの上もなく真面目な、だが照明の当て具合ひとつでは信じられないほど滑稽な、また見方を変えれば呆気《あつけ》ないいぐらい他愛のない、それでいて心ある人びとにはすこぶる含蓄に富んだ、その半面この国の権力を握るお偉方《えらがた》やその取巻き連中には無性に腹立たしい、一方常に材料《ねた》不足を託《かこ》つテレビや新聞や週刊誌にとってははなはだお誂え向きの、したがって高みの見物席の弥次馬諸公にはははらはらどきどきわくわくの、にもかかわらず法律学者や言語学者にはいらいらくよくよストレスノイローゼの原因《もと》になったこの事件を語り起すにあたって、いったいどこから書き始めたらよいのかと、記録係《わたし》はだいぶ迷い、かなり頭を痛め、ない智恵をずいぶん絞った。

――井上《いのうえ》ひさし『吉里吉里人《きりきりじん》』

横光利一は序に「国語との不逞極《ふていきわま》る血戦時代」という一句を記した『書方草紙』で、「書き出しに良い句が来なければ、その作は大抵の場合失敗していると見てもそう大きな間違いではない」と大胆に言ってのけ、毀誉褒貶《きよほうへん》の嵐を呼び起こしたという。どんなに題材が秀でていても、それを生かす形式が整っていなければ作品にはならない、それは最初の一行できまるのだ、という主張のようだ。作品の冒頭文だけを切り離して論じたのではないから、なにも奇抜な思いつきを述べたわけではないが、「一行」と極論したのが刺激的だったのかもしれない。

訪問時に吉行淳之介が、こんな体験を語った。体がどこか悪いんじゃないか、この仕事を終えたら一度、医者に診てもらおう、そんなことを思いながら小説を書き出し、それこそ内臓でも悪いような何日間かを経て、ようやく煮詰まった感じになり、原稿用紙に向かうと、案外ふらっと冒頭が浮かぶ。そうなれば、しめたものだが、最初の一枚が書けるまでが実に大変なのだという。書き上げたその原稿を渡して、さてと思うと、いつのまに治ったのか、もう体は何ともない。古く横光が述べたのも、案外そんなことだったのかもしれない。たしかに、小説などを書く側に立ってみれば、構想している作品の全体像という漠然としたかたまりの中から、その一部がたまたま最初に顔を出したにすぎないのだろう。

だが、文章はともかく読まれなければ始まらない。《書き出し》で読者の注意をひきつけるために、これまでも書き手はさまざまなくふうをこらしてきた。桃太郎の昔ばなしを「昔むかし、あるところに、おじいさんとおばあさんが……」と語りだすように、物語を紡ぎだすオーソドックスな型は、以後に展開する作品世界の時・処・人という情報を最初に提示する入り方である。

特に日本語では、このように時・処・人の順に並べると落ち着くように感じる。書き手の特別の意図を感じて身構えることなく、ごく自然に読むことができるのだ。田宮虎彦《たみやとらひこ》の『落城』は、「慶応四年十月十六日、仙台にあった奥羽追討の西国勢主力についに北上の動きがみえた」というふうに、「慶応四年十月十六日」という時、「仙台」という処、「西国勢」という人を、その順に配して小説を始めている。

井伏鱒二の『休憩時間』では、「文科第七番教室は、この大学で最も古く、最も汚い教室である」と、その小説の舞台となる「文科第七番教室」という処に関する情報を提示して始め、夏目漱石の『坊っちゃん』では、「親譲りの無鉄砲で小供《こども》の時から損ばかりして居る」と、主人公自身の事情説明から入る。

川端康成の『抒情歌』は、「死人にものいいかけるとは、なんという悲しい人間の習わしでありましょう」という心情告白から入り、太宰治の『桜桃』では、その題名の脇に小さく、「われ、山にむかひて、目を挙ぐ」と、旧約聖書の詩篇《しへん》から一文を引き、それから、本文を始める。また、井伏鱒二の『本日休診』などは、冒頭にいきなり、小説中の主たる舞台となる三雲医院の看板そのものを掲げる形で、作品世界へ視覚的に誘い込む。

芥川龍之介の『鼻』では、「禅智《ぜんち》内供《ないぐ》の鼻と云えば、池の尾で知らない者はない」と、人・処の順に情報を提示して話を始める。その冒頭が、「長い鼻をあけ方の秋風にぶらつかせながら」という結びと照応して、作品全体がきれいに額縁の中におさまり、整然と脈絡の通る構成となっている。

その逆に、室生犀星の『愛猫抄』は、「その白い哀れな生きものは、日に日に痩せおとろえてゆくばかりで、乳も卵もちょいと眺めただけで振かえりもしなかった」と、呼び名はおろか猫であることをもぼかしながら、ぼんやりと書き出し、「男はこう口のうちで繰りかえして言ったとき女が硫黄のように蒼《あお》く烟《けむり》があがっているように見えた。……。」と、まさにぼうっと霞むように終わってしまう。

冒頭にあざやかにすえた一行となれば、「木曽路はすべて山の中である」と、舞台を展望するように始まる島崎藤村《しまざきとうそん》の『夜明け前』など、その典型的な例だろう。大長編の幕開けにふさわしいパノラマ型の冒頭文が、作品の雄大なスケールを印象づける。

夏目漱石の『吾輩は猫である』の冒頭文「吾輩は猫である」は、なんと語り手が猫であるという奇想天外な視点を持ち込んで、これから人間社会を皮肉っぽく斬っていく作品の構図を示す入り方だ。

読者はあっけにとられるが、書き出しの一文で驚かせ、その先が読みたくなる気分に誘い込む冒頭も多い。武田泰淳《たけだたいじゅん》の『司馬遷』は「司馬遷は生き恥さらした男である」で始まり、同じく『貴族の階段』は「今日は、陸軍大臣が、おとうさまのお部屋を出てから階段をころげおちた」と始まる。こんなふうに書き出されると、読み始めた読者はもうその先を読まずにはいられない。そのため、この作家は、時にカキダシストと評されることもあったという。

いきなり「みると靴が埃《ほこり》で白っぽいのだ」と始まる堀辰雄《ほりたつお》の『土曜日』も、そういう唐突な書き出しだろう。太宰治の『葉』は、開巻第一ページに突如「死のうと思っていた」とあるので、いったいどうしたことかと読者がつりこまれて次を読むと、「ことしの正月、よそから着物を一反もらった」などといった悠長な文が続き、以下、それがお年玉だとか、麻地だとか、その色や柄だとか、夏物であるとかと、そのもらい物の説明がしばらくだらだらと続く。いきなり深刻な冒頭文を読まされた読者は、その情報が宙づりになったまま、何の関係もなさそうな文を、落ち着かない気分で読まされる。いわば力ずくで持たされたサスペンスだ。

人を食った書き出しとなれば、「そして私は質屋に行こうと思い立ちました」と、最初から

「そして」などという接続詞で始まる、宇野浩二《うのこうじ》の『蔵の中』という小説もその典型で、読者は以下、こういう作者の手つきに操られながら読むことになる。

この節の冒頭に、とてつもなく長い長い一文を掲げた井上ひさしの『吉里吉里人』などはさしずめ、そういう人を食った書き出しの極北に位置すると言うべきだろう。東北の一寒村が日本から独立して一つの国家を樹立するという、ばかばかしいほど壮大な長編は、ことばの圧倒的な付加による、こういう執拗な長文で幕を開けるのだ。

この一つのセンテンスだけで、実に三百数十字に及ぶ。小説のタイトルと作者の名をゆったりと書いて、一、二行あけて本文を書き出すと、四〇〇字詰め原稿用紙の最初の一枚に書ききれるかどうかわからないほどの、この長大な一文。どういう情報がぎっしりと詰まっているのかと、思わず力読する読者は、きっと肩すかしにあうだろう。

「この、奇妙な」と始まり、「しかし考えようによっては」と立ち止まり、「だが照明の当て具合ひとつでは」と反転するあたりまでは、読者もさほど警戒心を起こさずに読み進むかもしれない。ところが、この一見おそろしく慎重な書き出しは、なおも、「また見方を変えれば」だの、「それでいて」だの、「その半面」だの、「一方」だのとくねりながら、さらに、「したがって」とか、「にもかかわらず」とかと身をひるがえし、とどまることを知らないように、どこまでも流れていく。

こんなふうに、あらゆる角度から隙間なく述べつくす勢いで伸びる、この恐るべき長大な連体修飾はすべて、やがて「事件」という一つの名詞に注がれ、その名詞にたどりつくまで、読者は何の話なのかさっぱりわからないまま、いつ果てるともなく続く修飾語を延々と読まされる……というふうに、それを解説するこの一文もどうしても長くなってしまう。

情報伝達といった、小説としては無味乾燥な観点に立てば、この滾々《こんこん》とあふれ出ることばのうち、どれとどれが必要でどれが不要だ、などと考えることこそ無駄なのだろう。論理的情報という意味ではほとんどのことばが無駄なのだから。だが、ことばが際限もなく溢れだす感じを実現する作品の仕掛けとしては、どのことばもそれぞれの役割をきちんと演じている。あるいは、この小説の作品意図が、そういう圧倒的な感じで読者を煙に巻くところにあったから、かくも長大な長さの長編にまで広がったのかもしれない。あらすじにしたら五行もあれば済むだろうが、そんなものを読んでも、文学にも何にもならない。ことばの洪水という現象は、それに見合う物理的な広がりを得てはじめて、迫力に満ちた量感が達成できるのだ。

いかにも人を食ったこの長大な冒頭文は、そういう作品価値を象徴する書き出しであった。ことばの無駄を楽しみながら、読者はこのとぼけた味わいを満喫することだろう。

26

日がさらに高くのぼり、誰もいない土蔵裏を白日が照らしたとき、そこにはむき出しに、異様な狼藉《ろうぜき》が行なわれた痕があらわれた。

——藤沢周平《ふじさわしゅうへい》『朝顔』

昔話やおとぎ話は、「二人はしあわせに暮らしました」というふうに、「めでたしめでたし」というハッピーエンドとなるケースが典型的だ。映画やテレビのドラマでも、娯楽番組ほどそういう傾向が強い。それにひきかえ芸術祭参加作品などになると、いかにも終わりらしい終わりというケースは減り、極端になると、長いコマーシャルのあと、さっきの場面で終わっていたことにようやく気づく作品もある。

冒頭と関連づけて、作品をすっきりと額縁におさめる芥川の作品では、一編の掉尾《ちょうび》を飾るあざやかな《結び》も目立つ。禅智内供の五、六寸もある長い鼻が広く知られたところから入る『鼻』は、「内供は心の中でこう自分に囁《ささや》いた」とひとたび結んだ文に、「長い鼻をあけ方の秋風にぶらつかせながら」とその状況を付加し、あたかも倒置したかのような形にして、まだ表現しつくしていない何かが残り作品が完結していない感じの余白を創出した。その実質のうつろな余韻を響かせて一編が思い入れたっぷりに終わる。

　羅生門の下で雨やみを待っている下人《げにん》の姿を映し出して作品を起こした『羅生門』では、その下人が、金に換えようと死人の髪の毛を抜いていた老婆の着物をはぎとって、急な梯子《はしご》を「夜の底」へと駆け下りた場面を配して、冒頭と関連づけ、そこには「黒洞々《こくとうとう》たる夜があるばかりである」という格調高い一句でぴしりと締めたあと、行を改め、「下人の行方は、誰も知らない」という短い一文を投げ捨てて、作品を結ぶ。この部分、初稿では、「下人は既に雨を冒して京都の町へ強盗を働きに急いでいた」となっていたという。もしも最終文がそのままであれば、羅生門の場面の延長にすぎず、下人の未来を作者が予告解説した結びとなる。

　それに対して現行版の結びでは、老婆が下人の姿を見失ったときに、読者の視界からも下人のイメージは消え失せ、その後の行動や生き方は、すべて読者の想像にゆだねられる。最後に改行して投げ込まれた「下人の行方は、誰も知らない」という一文は、作品の現実場面とは別次元から放たれたメッセージなのだ。突き放された読者は、この一行で心理的に揺さぶられ、作品世界の残響にしばらくひたることだろう。

　必ずしも冒頭と末尾が呼応する作品だけではないが、藤沢周平の小説は、最初の一文を読むと、次を読まずにいられないものが多く、末尾で鮮烈なイメージを残す作品も多い。「霧がある」という極度の短文で唐突に幕を開ける『潮田伝五郎置文』もある。主語なしに「よく笑う女だった」と始まる『さくら花散る』も同様だ。主語はあっても、「熊蔵は足をとめた」と始まる『しぶとい連中』も、何か異変に気づいたからだと、読者は息をのんで先を読むだろう。「事件が知れたのは、その夜四ツを過ぎた頃である」と始まる『闇の顔』や、「日が暮れかけているしぐれ町二丁目の通りを、おさよははだしで歩いていた」と始まる『乳房』も、何が起こったのかと、読者は落ち着かない気分で先を急ぐことだろう。

「誰かに見られている、と思った」と始まる『おつぎ』のように、そう認識する主体を出さない入り方も、読者を引き込む力がある。「とっさに背を向けたが間にあわなかった」という『晩夏の光』の冒頭文はさらに極端だ。意図された情報の空白を追って、読者は身を乗り出さずにはいられない。この作家は、こんなふうに、作品の冒頭文ひとつで、ちょっとしたサスペンス効果をつくりだすのである。

事件が解決して、作品が終わったあとも、主人公たちはなお生きて暮らしてゆく。結びに、そんな雰囲気をちらりと見せて終わると、作品に余韻がみなぎる。藤沢周平はそんな臨場感を大事にしているように思われる。『おふく』では、「小名木川の水も、造酒蔵《みきぞう》の背も赤い光に染まっていた」と、「胸をひたひたと満たしてくる哀しみ」とともに歩み去る主人公の後ろ姿を描いて作品を閉じる。

『夜の橋』は、提灯の光に浮かぶ二人の影が、人気のない町を遠ざかる場面で作品の幕が下りる。「どこかで夜廻りの拍子木の音が微かにひびき、雪は音もなく降り続けていた」という最終文は、一緒に暮らした横網町へ向かう、一度は別れた夫婦、民次とおきくの感覚を思わせる一文を書き捨てたものだろう。そこでともに暮らす日々に、読者の思いを誘う結び方である。

『驟《はし》り雨』は、神社の軒先で雨宿りをしていた男が、そこで、病気の母親を気遣うけなげな幼女を見かけて心ひかれ、さっきまで、盗みに入ろうと忍び込む先のようすをうかがっていたことなど忘れてしまう、そんなほのぼのとした幕切れだ。「雨はすっかりやんで、夜空に星が光りはじめていた」という末尾の一文は、外から男を包む風景であると同時に、その作品現場で男が目にした光景でもある。深読みすれば、それはまた、その男の内面をひとしきり雨のように驟り去った盗み心を象徴するシーンのようにも読めるような気がする。

藤沢作品からもう一例引こう。この節の冒頭に一文を掲げた『朝顔』の残酷なラストシーンだ。この作品は「江戸おんな絵姿十二景」中の一編として執筆された短編である。夫が取引先からもらったと言って渡した朝顔の種を、女は大事に育て、みごとな花を咲かせた。ところが、ふとしたことから、その種は取引先などではなく、なんと妾宅《しょうたく》から持って来たものだと知る。

昨夜も夫はいそいそと妾《めかけ》の家に出かけた。そんなことがわかって眺めると、あれほど美しかった朝顔が、今は妙に毒々しく見えてくる。

作者はそこで、「無表情につぎつぎと花をむしり、つぼみも摘み捨てた」と女の行動を記したあと、その内面にはひとことも触れず、引用した一文「日がさらに高くのぼり、誰もいない土蔵裏を白日が照らしたとき、そこにはむき出しに、異様な狼藉《ろうぜき》が行なわれた痕《あと》があらわれた」を記す。そうして、作中の女と同じく無表情に、みずからも黙して作品を閉じるのである。

最後に、あえて違和感をぶちこんで、一編の作品を閉じることもある。小《こ》島《じま》信夫《のぶお》の『郷里の言葉』は、「私は時々、親父の死にざまには、なかなか捨てがたいものがあったと思うことがある」という一文で始まる。もともと痩せていたのが、だんだん体が弱ってくると、寝床の中で体操をしようとしても、「首をしめられる前の、カゴの中の鶏のように」、寝たまま手を動かすことしかできず、そういう自分を当人が嘲笑《あざわら》っていたらしい。

その親父が息を引きとるとき、口の中で何かつぶやきはじめたので、何か言いたいことがあれば早くと、耳に口をつけて言うと、「トンプク、ナミアミダブツ、トンプク、ナミアミダブツ、トンプク」と言ったところで事切れた。最期に念仏とともに唱えた「トンプク」とは、それまで胃袋の上に漬物石をのせてもまだ痛みがたえがたいときに服用してきた「頓服」のことらしい。あまりの痛みにその薬を求めたのだろう。作者はそこに、臨終のとたん、母親が「しぶとい人や」とつぶやいたことを添えて作品を結んでいる。

東京御茶ノ水駅近くの山の上ホテルで、この作家にインタビューした折、この意外な結びに関する作者の意図を尋ねると、「ああでもしないと、エッセイ風に書いたものだから具合が悪いんですよ」と答え、「多少違和感のあるものをぶち込んで、そこである世界を閉じるやり方ですね。話が終わったように見えて、もう一つ別の世界を抛《ほう》り込んでやめるのが僕の好みなんです」と一般化した。「新しい空間がいろんな可能性を孕《はら》んでそこに広がってゆくというふうに終えたい」のだという。

尾崎一雄の長編エッセイ『あの日この日』は、「右側の、自家《うち》の入口への石橋に立つ小さな母の姿が見えた」という一文で幕になる。小田原下曽我の自宅を訪問した機会に、あらかじめ作品の構想をはっきり立ててから執筆を始めるか、それとも成りゆきのままに書き進めるかと尋ねてみた。すると、「いわゆる私小説の場合はそういうことを全然しない」が、「僕の場合は、大体、最後はわかってるんです」と言い、「これは小説じゃないけど」として、この作品『あの日この日』の場合を例に出した。「病気になってうちイ帰って来る時」と、座敷の縁側の椅子から外を指差しながら、「この坂を登って来る、そこをフィナーレにしようと決めてて、文句も初めからできてた」と、ちょっと照れくさそうに笑った。

　その前に吉行淳之介を帝国ホテルに訪ねた折、ここで作品を結ぶという覚悟について話を向けると、「終わりの一行が頭に浮かばないと書かないという人もいますね」と言い、「僕は全くそんなことはなくて、大体の方角に向ってやみくもに歩いて行」くという。「そうすると、どっかにたどり着いたような感じになってくる」のだそうだ。

　そこから問わず語りに、作品末尾の美学を展開した。「短編で一番いけないのは、ストンと」「オチがついて終わるもの」で、それは作者の「衰弱」だとまで言った。自身は「そこを警戒しつつ、一回ギュッと締めて、パッと広がして終わらすということを心がける」という。「曖昧にぼかしてもいけない」、「終わってギュッと締めて、フワッと放してふくらます感じを出す」のがコツらしい。「それはあくまで明晰な広がりでなくちゃいけない」から、「わざと終わりを削って曖昧にして効果を出」そうとするのは、「邪道」だと締めくくった。

「ギュッと締めて、フワッと放してふくらます」、そういう絶妙の結びとして頭に浮かぶ実例となれば、死の危険をくぐり抜けた人間が、そこから振り返っていとおしむ人生の風景を描く夏目漱石の随筆『硝子戸《ガラスど》の中《うち》』の終わり方である。幼時の追憶や懐かしい風景、それに、「水に融けて流れかかった字体を、屹《きっ》となって漸《やっ》と元の形に返したような際どい私の記憶の断片に過ぎない」母の思い出などをつづってきた作品の最後に、人類を広く見わたせる雲の上から、これまでものを書いてきた自身を見下ろしながら、「恰《あたか》もそれが他人であったかの感を抱きつつ」微笑する。そんなふうに、終わりらしく文章を「ギュッと締めて」、ここで結んでも、流れとしてごく自然に見える。

だが、漱石は一度締めたその手を緩め、「まだ鶯《うぐいす》が庭で時々鳴く。春風が折々思い出したように九花蘭《きゅうからん》の葉を揺《うご》かしに来る。猫が何処《どこ》かで痛く噛まれた米噛《こめかみ》を日に曝《さら》して、あたたかそうに眠っている」と、鶯、春風、猫と点景をちらし、「家も心もひっそりとしたうちに、私は硝子戸を開け放って、静かな春の光に包まれながら、恍惚《うっとり》と此稿《この》を書き終るのである」と書き足して、今度こそ、まさにうっとりと作品を閉じようとする。

ところが、風雅を友とするこの文人は、完璧と見えるこの結びに、さらに一文を加えるのだ。「そうした後で、私は一寸肱《ひじ》を曲げて、此縁側に一眠り眠る積《つもり》である」という、この最後の最後の一文は、文章の内容として論理的に必要な情報は何もないが、この作品を書き終えたあとも生きて暮らしてゆく作者という人間の存在感をちらりとのぞかせる。その直前の加筆にも増して、「フワッと放してふくらます」感じを実現した、絶妙な結びであったように思われる。

第十章　文は人なり——文体を語る作家の肉声

27

要するにこの嫌悪は平和時の感覚であり、私がこのときすでに兵士でなかったことを示す。

——大岡昇平《おおおかしょうへい》『俘虜記《ふりょき》』

作家訪問という雑誌の連載企画より前、東京成城の大岡邸を訪ねた。玄関から広い書庫を通り抜けて、庭に面した瀟洒《しょうしゃ》な応接コーナーに案内された若きインタビュアーは、ひどく緊張したまま、「何のために文学をやるか」とか「文学でどういうことができるか」とかといった大問題を、いきなりぶつけてしまったらしい。よほど舞い上がっていたのだろう。

若気の至りのこんな突拍子もない第一問に、大岡昇平は照れることもなく、「自分の経験を投射して、対象化してみる」ことは「自分でもやってみたい」と思いながら、時代の趨勢《すうせい》で批評に惹かれているうち、「戦争に行って、異常な(捕虜)体験をして」、その「衝動が生まれたので、小説らしいものが書けたの」だと、正面から理路整然と答えた。その作品が、冒頭に一文を引いた『俘虜記』である。

この異常体験にフィクションをまじえてテーマ小説化した『野火』とともに、戦争文学で世に出たこの作家に、「戦場という状況では、思考は停止するもの」かと尋ねた。すると、「停止した」とは思わないが、「異常な働きをしながら、自分には意識されない」ということはある、「肉体的な衝動が人間に考えさせる。欲望が先にあって」考えるから、ある「行動を選択する」際に、「スポッと抜けていたりする」と、まず総論を述べてから、各論の一として、こんな例をあげた。

「こんなところで死んじゃつまらない」と、「襲われたら勝手に海岸のほうに出て、おれは子供のときヨットをやったことがあるから、それに乗ってボルネオのほうに逃げていけばなんとかなる」などと考えるが、そのとき、舵《かじ》は外して持って来るという、経験で当然知っているはずのことが「全然頭に浮かばない」らしい。平時には考えられないことで、「自分の願望に従って脈略を辿《たど》って行く」ために、「希望的観測」からこのような「判断力の欠損」が生じるのだという。

「一日敵の空襲が途切れると、前の日に送った斬り込み隊が効果を奏した」と「因果関係を作り出す」など、「自分の願望に合ったようにデータを解釈する傾向が生じる」。「山中の露営地を襲われた時」も、「ポーンと間の抜けたような音」が迫撃砲による本物の攻撃であったにもかかわらず、その音を聞いた瞬間、「弾着を試すための試射」だから「本番はそのうち来る」

と判断してしまう。「危機の状態になるとなんでもいいほうへ、いいほうへ解釈してしまう」非常時の異常な心の働きを例証する、こんな各論が並ぶのだ。

創作に直接関係する話題へと舵を切り、執筆前の準備について問うと、特に長編の場合は、きちんと「ノートを作って」書いた作品のほうがいいと言う。「筋とか舞台なんかをあらかじめ……」と、準備の具体的な部分を尋ねると、「一種の完全主義者」と自称するこの作家は、筋と構成と章分けと答えたあと、「舞台になる家の間取り」を付け加えた。それがきちんとしていないと、描写に矛盾が生じてつじつまが合わなくなるからしい。作中で、二階に駈《か》け上がって窓を開けると富士が見えたなどとうっかり書いてしまい、部屋の向きや窓の位置によって、富士山なんか見えるはずがないとなっては困るのだろう。

それだけではない。「周りの地形を飲みこんどかないと気がすまないたち」だと自身を分析し、小説『武蔵野夫人』の舞台となる「はけ」と呼ばれる湿地帯についても、よく「飲みこむ」ために、関東ローム層などについてもくわしく調べたことを打ち明けた。日本地質学会に入会するほどの徹底ぶりだったらしい。この一事にも、作風はその人柄を反映することが象徴されているだろう。まさに〝文は人なり〟と思わずにはいられない。

『俘虜記』は、総合雑誌に掲載された論文と見まちがうほどに、硬質の用語を駆使して小説の文章というイメージを打ち破った作品である。なかでも驚くのは抽象名詞の氾濫だろう。「前提」「論理」「判断」「命題」「必然性」「絶対的要請」「人類愛」「観念的愛情」「嫌悪」「因子」といった語が続出し、小説文章の既成観念は無残に破壊される。この一文の前後に限っても、「無辜《むこ》」「放棄」「存続」「成立」「検討」「仮定」「倒錯」「立法」「有用」といった抽象的な意味の硬質の漢語が並ぶ。

「ヒューマニティ」「シニスム」「マキァベリスム」といった外国語の抽象名詞を援用し、「私を殺しうる無辜の人にたいし、容赦なく私の暴力を用いる」だとか、「私に「殺されるよりは殺す」というシニスムを放棄させたのが、私がすでに自分の生命の存続に希望を持っていなかったということにある」だとかといった欧文脈の構文を駆使する。さらに、「もしこのとき、僚友が一人でもとなりにいたら」といった条件文や、「「自分が死ぬ」からみちびかれる道徳は「殺しても殺さなくてもいい」であり、かならずしも「殺さない」とはならない」といった分析的判断や、「戦争とは集団をもってする暴力行為であり」という定義文まで現れる。描写には本来不要とされる「しかし」や「したがって」などの理屈っぽい接続詞も多用される。

この節の冒頭に引用した一文も例外ではない。「要するに」で始まり、「嫌悪」「平和時」「感覚」「兵士」という硬くひんやりとした漢語でつづっている。これが、歌わないはずだったこの作品の底を流れる、硬質の旋律なのだ。

この体験にフィクションを加え、より小説らしく仕立てた『野火』でも、「何故私は射《う》ったか。女が叫んだからである。しかしこれも私に引金を引かす動機ではあっても、その原因ではなかった」といった論理的文章の骨格は維持される。そこに、「幾日かがあり、幾夜かがあった」、「流れは暗い林に入り、道は林を迂回《うかい》した」と歌う、対句の響きがいくらか耳につくという程度の違いはあるものの、文章の底流をなす基調は変わらない。

小説のこういう文章が、それでも、読む人を感動させるのはなぜだろう。感動に導く動力は、表現内容というような痩せ細った概念にはない。文学作品の中の言語の在り方という、まぎれもなくこの作家の文体が人を動かすのだろう。文学の質と文章の質とがぴたりとフィットし、この知的な文章は、論理文体としてひとつの力感を生み出す。そして、それが主観性を帯びることによって、作中にいわば《硬質の抒情》が流れ、それが展開する主題と映発して、その形式美が際立ってくるのだと考えたい。

あの日、作者自身が、「文学における論理というのはひとつの態度であるわけ」だから、「論理で割り切れないところを、無理に論理にあてはめる、それがひとつの力の感覚を生み出」し、「読むときの印象として爽快感を伴う」と語ったことと、どこかでつながるのかもしれない。

28

みんな寝静まった真夜中に、闇の底がほんのり明るんで、また暗くなる。

――永井《ながい》龍男《たつお》『蚊帳』

もしも頭の片隅にでも、いつか小説家になろうという考えがある人は、永井龍男の作品を読む前に、自分の作品を書くことを奨めると、一度は小説にも手を染めたらしい大先輩の俳人に忠告されたことがある。ひとたび読んでしまうと、その描写のうまさに舌を巻き、すっかり自信を失って、もう自分では書き出せなくなるからだということらしい。

随筆『道徳教育』で、「夕刻晩酌をはじめた処へ、出入りの者が釣《つ》り竿《ざお》を持ってきてくれた」という文から、「晩酌のさかなの一鉢は赤貝である」という文へと流れる間に、「庭にはまだ、夕日が残っている」という、たった一文の段落をはさむ。

同じく随筆の『日向と日蔭《ひかげ》』でも、「身勝手な計算も私にはあった」という文の次に、「永い夕凪《ゆうなぎ》であった」という、ごく短い文を、やはり一つの段落の資格を与えて突っこむ。『日曜祭日』と題するエッセイでも、「それから四十年、いったいなにをして暮してきたものかと」から「思わぬでもない」と続く間にさえ、「蚊遣りのただよう中で」という、ほとんど季語のような情景描写が入りこむ、そんな季節感あふれる文章をつづった。

理屈ではない、いわば思考がらみの感情のあやで、この作家の作品は、ことばが流れ、文が展開する。ひとひら、ひとひら、思い思いのデッサンが、読者の前にあらわれては消えてゆく。理屈っぽい接続詞でつなぎとめられていない文間に、思いもかけず詩情がのぞく文章だ。そんなふうに、幾枚かの淡彩のスケッチが、ひらめいては消える、その奥に、人それぞれの生活のひとこまが見え隠れする。

本節の冒頭に引用した、さながら一葉の淡彩画を思わせる、このわずか一つの文にも、この作家の繊細な感覚と洗練された描写の力量を見てとることができるだろう。煙管《きせる》で刻みたばこを味わう場合、吸う瞬間に火が強まり、煙管の口のところが赤くなる。その一瞬をとらえた、この詩的な一枚のスナップショットは、あたかも夜という時間のまばたきかと思うばかりの一行である。「みんな寝静まった真夜中」の真の闇、その「底がほんのり明るんで、また暗くなる」。同一平面上の背後の広がりを「闇の奥」ととらえるならば、この「闇の底」という表現はそれと微妙に違う。その場の闇の存在感を、幾重にも積み重なった暗がりの累積ととらえた発想で、闇の深い厚みに覆われる感覚を的確に伝えてくるように思われる。

直後に、そのほんのわずかな明かりで、「蚊帳の釣ってあるのが見える」と記したこの作家は、「眠れぬ誰かが寝床で一服したのである」と続ける。一瞬ほんのりと明るくなった現象が、その闇の底にぼんやりと蚊帳を映し出すと、それを「眠れぬ誰かが寝床で一服した」のだと考えることで、一瞬のぼんやりした点滅が生活の現実とつながる。

こうして、視覚的なかすかな変化をとらえたあと、描写は聴覚へと切り換わる。煙管で一服吸ってから、その刻みたばこの吸い殻を、たばこ盆についている灰吹きの竹筒にはたき落とす音だ。「やがて、吐月峰《はいふき》をたたく音がして」と書いたあと、「静けさが戻ってくる」と続けた。その音を境に静かさが深まるように、いっそう部屋がしーんとして感じられたのだろう。

「ほんのり明るんで、また暗くなる」という視覚的な変化に続き、「吐月峰をたたく音がして、静けさが戻ってくる」という聴覚的な変化をとらえる、こういう繊細な感受性は、単にその場の現実の動きを正確に写生しているだけではない。煙管も蚊帳も見たことのない世代の読者にも、夜が今よりもっとずっと暗くて静かだった、昔の日本人の暮らしが何となく想像できるのは、このように描きとった文章の表現力のせいなのだ。

この直後に、作者は「あるいは、団扇《うちわ》を使う気配とか、蚊の鳴き声が闇の中にするかも知れない」という想像の一文を添えている。「気配」という語は、何かの存在が何となく感じられるかすかな物音をさして、古くは聴覚的な現象に限って用いられたらしい。ここでの「団扇を使う気配」も、それによって空気の流れをつくり、わずかな風を起こす、そのかすかな音。そして、目に見えない蚊の発するかすかな声。こういう点描には、ある種のすごみさえ感じられる。刻みたばこの火と、灰吹きの竹筒をたたく煙管の音、そういう昔の想い出の現実の風景に、想像で添えたこの団扇の気配と蚊の鳴き声は、場面に季節感を振り撒《ま》き、「蚊帳」というテーマをほんのりと明るくする、そんな〝季語〟として働いているのかもしれない。

この場面は、ある夜のある部屋のスケッチを試みているのではない。昔のそんな日常の風景を想い出しているのだ。このごろは夜中に目を覚ますことも多くなり、思わず枕もとのたばこに手が出そうになるが、せめて寝ている間ぐらいは節煙しようと、自分をたしなめていると、「そんな昔の記憶がよみがえってくる」のだという。父親は自分が「幼少の頃」にすでに「病没」していたから、煙管で一服した主《ぬし》は「四十過ぎ五十過ぎてからの母であろう」と永井は記している。

こういういわば「はにかみの職人芸」に揺られているうちに、作中のそういう幾枚かのスナップショットの残像が働いて、読者はそこに人生とでもいった何かを、あたかも自分のことのように感じとっていることに気づくかもしれない。

文体と言語意識を探る作家訪問シリーズのうち、鎌倉雪ノ下にこの永井龍男邸を訪ねたときほど、文章の表現技術について作家自身の意識を聞き出すのに骨の折れたことはない。

そんな中で、この《繊細な言語感覚》の持ち主の、まさに繊細な言語感覚について、当人の意識としてはっきり聞き出せたのは、鼻濁音に対する並々ならぬ思いだったような気がする。芥川の文章に、「AがBする」とせずに「AのBする」とする、主格の「が」に代わる「の」の用法が多いことを指摘し、「永井さんの文章にも、そういう例が少なくない」として、『朝霧』の「古めかしい想像のX氏の上に及ぶのを恐れる」、『庭』の「眼に溢《あふ》れてくる涙の頬を伝うに委せた」という実例を示して、執筆時の意識を問うと、「「が」は強く響きすぎるんで、「の」にすることはしばしばあ」ると認め、「最近、東京でも鼻濁音でなくなっちゃって、ガという音を耳から聞くと気になってしょうがない」と嘆いた。まだ鼻濁音の残っていた時代でさえ、東京者の芥川には、野暮なものを嫌う粋好みが強く、ガ行音を避けようとする傾向が強かったのではないかと、みずからの美意識を語った。

そういう美意識からだろう、東京の女性から「あたくし」という響きが消えつつあることを嘆き、どうしても「「わたくし」じゃ感じが出ないんです、なんか田舎っぽくなっちゃって」と語る。すっかり同調したインタビュアーが、調子に乗って、「「あたくし」には都会の女性の甘えがあるんでしょうか」と問うと、「そうかもしれませんね」と認め、「それと、教養を柔らかくしたような感じもあるかな」と補足した。

そこにあるのは、技術の先走った表現の理屈ではない。職人が体で覚えるように、名文家と呼ばれるこの作家の表現力の根幹にあるのは、技術のノウハウではなく、いわば触角でとらえる音感と語感なのだと思う。

型どおりの質問に、間をおいてぽつり、ぽつりと応じる、予定の対談はめりはりもなく終わった。速記者の手が止まった瞬間、この作家はみんなの紅茶に洋酒を音の出るほど豪快になみなみと注ぎ、急に多弁になった。本来なら活字になるはずのなかったこの雑談、うっかり録音機を止め忘れたせいで記録されて残っている。プラットフォームで「アメちゃん」にぶん殴られた話も出たような記憶もあるが、確かめる気などさらさらない。

玄関の外まで送って出たこの作家は、雑誌の井伏訪問記をすでに読んでいたらしく、井伏さん、あんたによくしゃべったね、将棋や釣りの話なら別だが、と言う。文学、それも自身の創作や執筆時の意識など、他人に明かす人物ではないということらしい。選《よ》りに選ってあの井伏鱒二が永井龍男作品を〝はにかみの文学〟などと呼んだことを話題に、「そうおっしゃる井伏さんの方には、はにかみが無いんでしょうか」と水を向けると、この作家はやはり、即座に「大有りですよ」と言って、満足そうに目を輝かせた。

29

何という依怙地な男だろうと私はすぐ立って行って、もはやこれがしたたりの基本の音だと心にきめた「ちょッぽん、ちょッぽん……」の音に改めた。

――井伏鱒二《いぶせますじ》『点滴』

丸顔の人は面長の人よりにこやかな表情に見えるような印象がある。もちろん、統計的にどうなのかは知らないが、何となくそんな気がする。そういう思い込みもあってか、本に載っている井伏鱒二の写真は笑顔が記憶に残っている。作家訪問シリーズの吉行淳之介に続く第二回として、東京中央線の荻窪駅で下車、同行の編集者や速記者ともども北口を出て、杉並区清水町の井伏邸に向かった。その間、あの笑顔でにこやかに迎えられる場面を思い描きながら、足どりも軽く一〇分ほど歩くと、無造作に「井伏」と書いた紙きれを画鋲《がびょう》でとめた門にたどりついた。受験生がお守り代わりに表札を持ち去る事件が頻発するせいらしい。

玄関に出迎えた夫人に来意を告げ、どうぞと言われて座敷へ続く廊下を進んだ。師走も半ばのころとて、座敷の襖《ふすま》が閉まっており、入口で「ごめんください」と声をかけたが、返事がない。もう一度声をかけると、何かしらかすかな音響を伴ったひとつの気配を感じたが、それは来客を迎える主人が発するはずの言語音と思えるようなものではなかった。それでも、天下の達人から文章の話を聞きだす大役を果たさねばならない。「失礼します」と自分で襖を開けて部屋に一歩入ると、火燵《こたつ》に入って庭を眺めている後ろ姿がすぐ近くに見えた。こちらの声は右後方から聞こえたはずだが、その姿勢は微動だにしない。

インタビュアーという役柄の関係で、井伏の正面に庭を背にして座し、先方が顔を上げれば初対面の二人がまともに対面すべき客観情勢は整った。ところが、その瞬間、信じられないことに、井伏はさっと斜めを向き、編集者と短いことばを交わすのだ。どうやらそちらは前に一、二度接触のあった間柄らしい。正真正銘の初対面というのがよほど苦手と見える。とっさに人見知りのひどい赤ん坊を連想したほどだ。

これが大仰なはにかみであることはわかったが、対談が始まってからも、間の空気が何となくぎくしゃくして、なかなか話がなめらかに流れないのには弱った。うまいタイミングで、そこに井伏夫人が姿を現し、紅茶とアップルパイが並んだ。なぜか、そのあたりから、そういう腫れぼったい雰囲気はみるみるほぐれていった。

『晩春の旅』など随筆か小説か迷うような作品の多いことを例に、「小説と随筆との違いはフイクショナイズされてるかどうかってことだけですか」と、作者自身の意識を問うと、すかさず、「僕は初めから決めてるんだ、嘘を書いたら小説ってね」と即答し、「ただ、ほんとのことを書いても、小説欄に入れたほうがいいこともある。原稿料が随分違うんだ」とはぐらかしてしまう。気がつくと、もう火燵の正面には、あのいたずらっぽい笑顔があった。こうなるまでに時間がかかるのだ。

「戦後の人はボキャブラリーだけは豊富になってるけど、どうも訴えないわ。学問しすぎたんじゃないかな。感動がないね」。「どうも大学ノートへ書いたような気がするな、原稿紙でなく」といった昨今の文学傾向に対する率直な感想。「女が洗い髪で寝ると縁が続く」なんて書くと、検閲当局が「寝るとは何だと怒るし」、「戦争の嫌なことなんか書いたら」「本にする時、配給の紙をくれない」といった戦争中の苦労話。「僕はもともとセンチメンタルな人間」なので、ユーモアは「それを消すためなんだ」といった笑いの論議。「のだった」「そうした或る日」なんてのは「ゾッとするな」といった文末表現の好みとそれを受ける形。「普通にしてると退屈するんで」、「ありふれた言い方でなくしようという気持ちがある」という「末梢的なことで飾りをつける」表現の趣味。……

それから先は、ほとんど独演会の様相を呈し、後日、「あの井伏があんたによくしゃべったね」と永井龍男がびっくりするほど、自分の文学や文章について、この作家は例の丸顔で雄弁に語った。

その録音テープは、インタビューと雑談のあと、「そりゃ要らんよ」という厳しい一言で切れている。辞去するにあたり、雑誌の編集者が謝礼を差し出した瞬間に井伏が発した声だ。それをこの作家のたしなみから来る遠慮と思った編集者が、「まことに少額で恐縮でございますが」とくり返すが、井伏は頑として受けつけない。そういう押し問答の間に、井伏の表情は次第にけわしくなっていく。結局、「そんなことなら引き受けなければよかった」とまで言われて、編集者がその謝礼をひっこめたからよかったものの、もう少しねばっていたら、このインタビュー記事は雑誌に載らなかったかもしれない。それほどの雰囲気だった。その部分のやりとりはテープに残っていない。

帰路、駅まで歩きながら、あとが大変なんだと編集者は言う。それはよくわかる。井伏さんに「要らない」と言われて「ああ、そうですか」と放っておくわけにはいかないのだろう。後日、社長が重役を引き連れて菓子折りでも持って丁重なご挨拶に参上することになるのかもしれない。それも気の毒だが、井伏のあの態度には、俺は物書きだ、おしゃべりをした代金なんか受け取れるかとでもいった潔さを感じた。文士としての気概だろう。

のちに、作家一五人分の雑誌インタビューをまとめて『作家の文体』という本にする際、表紙のカバーに、訪問した作家たちの原稿の写真をちりばめるという装丁案が出て、当人の承諾を得ようとしたところ、井伏だけからはOKが得られなかったらしい。自分の手書きの文字が一番目立つ表紙などに飾られることに対する恥じらいなのだと思いたいが、表向きの理由は、インタビューを受けたことを覚えていない、という信じられない回答だったと聞いた。

それから程なく、当時の勤務先、国立国語研究所に中央公論社の有力編集者から一本の電話が舞い込んだ。井伏の小説『珍品堂主人』が中公文庫に入ることになったので、その解説を書くようにという執筆依頼の用件だった。そして考える間もなくすぐに、作者自身の名指しだから断ることのないようにと太い釘をずぶりと刺された。これがインタビューを記憶していないはずの井伏鱒二の粋なはからいだったのだろう。そういう〝はにかみ〟の人である。

とぼけた作品のほうも一筋縄ではいかないから、読者としても油断がならない。『休憩時間』は、その当時四〇分だったらしい早稲田の休み時間に起こった出来事を描いた青春讃歌《さんか》である。由緒ある教室が学生監の横暴に蹂躙《じゅうりん》されたと憤った学生が、「僕は一刻たりともこの教室に居たくない。諸君よ、さらば！」と黒板に書いて、颯爽《さっそう》と出て行く場面で、この作家はそのあとに「時々おたより下さい」と書き加える。この一言で、盛り上がった雰囲気に水を差すどころか、学生が本気で怒っているのかどうかさえうやむやになってしまう。

『鯉《こい》』はこんな話だ。学生時代に親友の青木南八から「真白い一ぴきの大きな鯉」をもらい、きっと大事にすると誓って下宿の瓢簞《ひょうたん》池に放すが、今度引っ越す下宿には池がなく、やむをえず青木の恋人の家の池に預かってもらう。数年後、青木自身が病死し、池の主と直接の縁が消えて、「私の所有にかかる鯉」を返してもらう。だが、その鯉の処置に窮し、万策尽きて大学のプールに放す。その鯉が気になって毎日プールに通うが、底に沈んでいるらしく、姿を現さない。やがて秋が来て、飛び込む学生もなくなり、水面すれすれに燕の飛ぶ季節になっても鯉は見えない。いよいよ不安の高まってきたある日、「私の白色の鯉」が、鮒《ふな》や目高を従えるように、王者の貫禄で悠々と泳ぎまわっているのを発見し、「感動のあまり涙を流」す。

鯉に対する病的なまでのこだわり。それが何だったのか、小説の中で、作者は一言も語らない。が、何のことはない、この作品自体が鯉をくれた親友へのとぼけたレクイエムではないか。そんな涙を誘うような告白を、この作家の文学的なはにかみは許さない。

この節の冒頭に一文を引用した『点滴』もまた、亡友太宰治へのおとぼけの鎮魂歌なのである。最近は「点滴」という語からすぐ病院を連想してしまうが、この題目は広く水のしたたりを意味し、その美をめぐって二人の作家が無言の対立を見せる話である。水音を観賞するとなれば、滝の音や清流のせせらぎや岩清水の雫《しずく》などを思い浮かべるが、ここは宿屋の手洗いの水道の蛇口からだらしなく垂れる生活の水音だ。いい恰好《かっこう》をすることを照れる井伏らしい着眼の題材だと言えるだろう。

作中の「友人」は一分間に四〇滴の音を好むらしく、「私」はもっとゆっくり垂れる一分間に一五滴の音を美的に感じる。甲府の宿屋で酒を酌み交わしながら談笑している二人は、どちらも「そんな茶人めいたことを、したりげに云って見せる」ことはいっさいない。ただ、自然に手洗いに立つたび、互いにそういう垂れ方になるよう締め方を調節して、「したり顔で座に引返」すだけである。けっして話題に出すことなく、そういう無言の応酬をくり返してやや熱くなりかけたころに、「友人」が「彼の好み通り「ちゃぽ、ちゃぽ、ちゃぽ……」の悪い音にした」として、冒頭に引用した一文が出てくる。「ちゃぽ、ちゃぽ」が分速四〇滴、「ちょッぽん、ちょッぽん」が一五滴の水音の擬音表現だ。前者を「悪い音」とし、後者を「したたりの基本の音」とする、きわめて主観的な評価がおかしい。

こんなふうに宿敵めかして描かれる「友人」は、戦後間もなく「無慙《むざん》な最期をとげるため東京に」戻り、「女といっしょに上水に身を投げた」とある以上、昭和二三年六月一三日深更、自宅近くを流れる玉川上水に、山崎富栄《やまざきとみえ》とともに身を投げ、一九日早朝に井の頭公園万助橋近くで死体の発見された太宰治であったと考えなければならない。

　こうして『鯉』と『点滴』という何食わぬ顔をした鎮魂歌を二つ並べてみると、いったい何の話かと読者がとまどうほどに、つまらぬ思い出をユーモラスに語ることで、涙ぐみそうになる自分の本心を危うくかわす、井伏特有の《含羞》のフィクションであったことに気づく。今こうしてお地蔵さんの雰囲気漂う丸顔のこの作家の写真をじっと見つめていると、井伏鱒二という存在そのものが文学に見えてくるから不思議である。

30

人間にはどうしてこんなに深いよろこびが与えられているのだろう。

――武者小路《むしゃのこうじ》実篤《さねあつ》『友情』

連載企画よりもっと遠い霞のかかった昭和四四年一一月二七日の午後、東京の京王線を仙川駅で下車し、調布市若葉町の武者小路実篤邸を訪ねた。すぐそばまで来ていた冬がなぜか突然遠ざかった日のことである。林の中の応接間の大きく開かれた窓に、いつも主人のお目覚めを待っているという十数羽の尾長が集まっていた。

まずは月並みな質問と断った上で、「文学を志した動機」から入った。兄貴（公共《きんとも》）が自分に直接言うと「僕が食ってかかる」ので、母（秋子《なるこ》）に「作文が下手なのは損だ」と間接的に伝えたのがきっかけで文章を書き始めたという。「腕力の代わりに筆の力を磨こうと作文の練習をなさったとか」と水を向けると、「腕力じゃだめだから理屈で」ということで文章を書き始めたところ、「挨拶ぬきでいきなり議論をふっかけるような文章だけども」と作文の先生に認められて、と笑う。

頭は兄貴よりそう劣っていないからお前だって勉強すりゃできるようになると母親に言われ、

勉強すりゃできるのはあたりまえだ、兄貴と違ってこっちは勉強することができないたちだからしょうがないと反抗したりしたが、一四のときに姉が死ぬと、それからは母も、「生きてりゃいいてんで」、「勉強しろ」ってうるさく言わなくなったから、歴史の試験でも、固有名詞を覚えずに「時の天皇」で済ませ、「落第しない程度に怠けた」と語る。懐かしさのあまりかあちこち脇道にそれながら、政治家は「嘘をつかなくちゃ出世しない」し、「他人から命令ばかしされてるのはつまんないという気持ちだったし、正直に生きていくにはやっぱり文学がいちばんいいってことになって」、学習院高等科のときに、「文学の才はまるでなかったんだけども」この道に入ることにしたのだと、ようやく答えにたどり着いた。

大学中退の理由を問うと、文学をやるには大学は必要ないし、「先生はいやいや講義してるし、両方にとって無駄な三年間だから、「入るときからやめる決心して」いたという。庭の落葉も掃いたり焚《た》いたりせずに自然に土に帰るのを待つほど自然さを大事にするほどだから、自分で積極的に辞めたという意識はないのだろう。学校に行かず授業料も払わずにいるうちに、おのずと学生の身分でなくなったというのが実情らしい。そういう自然な変化をこの作家は「やまる」という自動詞で表現した。そのため、落第して偉くなった人の弁ということで雑誌の編集者が訪ねてきた折も、「大学を途中でやめたってことをすっかり忘れてて」、「僕は落第したこたあないよ、志賀（直哉）の間違いじゃないか」と言って退散させてから、やっと思い出したらしい。

作品の文章も飾りがなく率直な表現という印象だが、そのあたりの意識を問うと、創作のときにも、「頭に浮かんだものをそのまま書く」だけで、「文章を自分で考えることはほとんどしない」と答えた。「自分の頭を、造ったもの（造物主）に任せて、〝私〟を入れずに、自分の頭に次々浮んでくることばを書きたいと思って」いるのだという。意識を入れて書くと素直な文章にならないのだろう。だから、「浮かばないときは原稿を書かない」で、「頭（想像力の働き）がよくなるまで待」つらしい。

こういう調子だから、「初めから筋が決まっていたことはない」という。『友情』の場合でも「ああいう終わりにしようとは思ってな」かったらしく、「あの二人（大宮と杉子）が愛し合ったなんてそのときはちっとも」気がつかず、「書いてるうちにそういうふうになっちゃう」のだそうだ。『愛と死』も同様で、「初めは愛と死を書くって気はちっともない。あとまで書いて、（夏子が）死ぬことになって、それからあとは泣きながら書いて……」と、まじめな顔で当時を振り返るのだ。

作者の気づかないうちに筋が勝手に動き出していたなどということは、他の作家ではほとんど考えられないが、頭に浮かぶのを筆記するだけという、現代人を超越した武者小路の口から出ると、妙に信憑性《しんぴょうせい》が増し、いかにもありそうに思えてくるのが不思議である。

『お目出たき人』など、一見、誰にでも書けそうな素人じみた文章に思える。そのことばが何を指すか、読者にわかろうがわかるまいが、平気で「その春」とか「先方」とかと書く。読んでいてどんなにうるさく感じようと、「自分は」「自分は」とくり返し、「そうして」「そうして」「そうして」と続け、「その後」「その後」「その後」と連続させる。どんなに単調となろうが、書いている当人はちっとも驚かない。

それにしてもこの作品、こんなになじめじめした内容を、こんなに短い文の連続で書けるのは、言いわけめいた言辞を弄しないからだ。「女を知らない」「夢の中で女の裸を見る」「女に餓えている」などということを、照れることも居直ることもなく率直に告白できるのは、たぐい稀《まれ》な人柄のせいだろう。そんなからりとした書き方が除湿の役を果たし、文章に軽快なテンポまで生み出したのは、ほとんど奇跡的な現象と言わねばならない。

この節の冒頭に『友情』から引用した一文も、散文的な内容を詩的な方向に導く野放図な書き方だろう。「自然はどうしてこう美しいのだろう」と感動し、「空、海、日光、水、砂、松、美しすぎる」と、その対象を点描し、次に「そしてかもめの飛び方の如何にも楽しそうなことよ」と眼を生きものに転じたあと、「そして」という接続詞で誘導し、この感嘆の一文が登場する。その直後に「まぶしいような」と添え、「彼はそう思った」と倒置的に配したその頂に、ためらうこともなく、「自分のわきに杉子がいる」という感動の焦点を据えるのである。

奔放自在、まさに桁外れの文体だ。こんな文章を照れることもなく開けっぴろげに記すことのできた人間、それもプロの作家があったという事実は、とてつもなくうれしく、また、貴重なことであったと思われてならない。

古代人の《風格》が感じられた。玄関でいとまを告げ、門までの長い坂を登りながら、目を細めて話されたあの池はどこにあるのだろうかと眺めると、右手の林の奥から子供たちの声が聞こえてきた。木々の間にかすかに光るものがあり、声は水面に響いて遠くから流れてくるらしかった。

この作家の訪問記をそんなふうに結んだ遠い日を思い出す。それっきり訪れたことはない。今は実篤公園になっているという。

中村 明

1935年山形県鶴岡市生まれ
1964年早稲田大学大学院修了
現在─早稲田大学名誉教授
専攻─文体論
著書─『比喩表現の理論と分類』(国立国語研究所報告，秀英出版)『日本語 レトリックの体系』『笑いのセンス』『文の彩り』『日本語 語感の辞典』『語感トレーニング』『吾輩はユーモアである』『日本語のニュアンス練習帳』『日本の作家 名表現辞典』『日本語文体論』(以上，岩波書店)『作家の文体』『名文』『悪文』(以上，筑摩書房)『日本語の文体・レトリック辞典』(東京堂出版)『小津の魔法つかい』『文体論の展開』(以上，明治書院)『美しい日本語』(青土社) ほか

日本の一文 30選　　岩波新書(新赤版)1620

2016年 9月21日　第1刷発行
2021年11月 5日　第4刷発行

著 者　中村《なかむら》 明《あきら》

発行者　坂本政謙

発行所　株式会社 岩波書店
〒101-8002 東京都千代田区一ツ橋 2-5-5
案内 03-5210-4000　営業部 03-5210-4111
https://www.iwanami.co.jp/

新書編集部 03-5210-4054
https://www.iwanami.co.jp/sin/

印刷・三陽社　カバー・半七印刷　製本・中永製本

ISBN 978-4-00-431620-6　　Printed in Japan

岩波新書新赤版一〇〇〇点に際して

ひとつの時代が終わったと言われて久しい。だが、その先にいかなる時代を展望するのか、私たちはその輪郭すら描きえていない。二〇世紀から持ち越した課題の多くは、未だ解決の緒を見つけることのできないままであり、二一世紀が新たに招きよせた問題も少なくない。グローバル資本主義の浸透、憎悪の連鎖、暴力の応酬――世界は混沌として深い不安の只中にある。

現代社会においては変化が常態となり、速さと新しさに絶対的な価値が与えられた。消費社会の深化と情報技術の革命は、種々の境界を無くし、人々の生活やコミュニケーションの様式を根底から変容させてきた。ライフスタイルは多様化し、一面では個人の生き方をそれぞれが選びとる時代が始まっている。同時に、新たな格差が生まれ、様々な次元での亀裂や分断が深まっている。社会や歴史に対する意識が揺らぎ、普遍的な理念に対する根本的な懐疑や、現実を変えることへの無力感がひそかに根を張りつつある。そして生きることに誰もが困難を覚える時代が到来している。

しかし、日常生活のそれぞれの場で、自由と民主主義を獲得し実践することを通じて、私たち自身がそうした閉塞を乗り超え、希望の時代の幕開けを告げてゆくことは不可能ではあるまい。そのために、いま求められていること――それは、個と個の間で開かれた対話を積み重ねながら、人間らしく生きることの条件について一人ひとりが粘り強く思考することではないか。その営みの糧となるものが、教養に外ならないと私たちは考える。歴史とは何か、よく生きるとはいかなることか、世界そして人間はどこへ向かうべきなのか――こうした根源的な問いとの格闘が、文化と知の厚みを作り出し、個人と社会を支える基盤としての教養となった。まさにそのような教養への道案内こそ、岩波新書が創刊以来、追求してきたことである。

岩波新書は、日中戦争下の一九三八年一一月に赤版として創刊された。創刊の辞は、道義の精神に則らない日本の行動を憂慮し、批判的精神と良心的行動の欠如を戒めつつ、現代人の現代的教養を刊行の目的とする、と謳っている。以後、青版、黄版、新赤版と装いを改めながら、合計二五〇〇点余りを世に問うてきた。そして、いままた新赤版が一〇〇〇点を迎えたのを機に、人間の理性と良心への信頼を再確認し、それに裏打ちされた文化を培っていく決意を込めて、新しい装丁のもとに再出発したいと思う。一冊一冊から吹き出す新風が一人でも多くの読者の許に届くこと、そして希望ある時代への想像力を豊かにかき立てることを切に願う。

（二〇〇六年四月）

岩波新書より

随筆

声優 声の職人　森川智之
作家的覚書　髙村薫
落語と歩く　田中敦
日本の一文 30選　中村明
ナグネ 中国朝鮮族の友と日本　最相葉月
子どもと本　松岡享子
医学探偵の歴史事件簿 ファイル2　小長谷正明
里の時間　芥川仁・阿部直美
閉じる幸せ　残間里江子
女の一生　伊藤比呂美
仕事道楽 新版 スタジオジブリの現場　鈴木敏夫
医学探偵の歴史事件簿　小長谷正明
もっと面白い本　成毛眞
99歳一日一言　むのたけじ
土と生きる 循環農場から　小泉英政

なつかしい時間　長田弘
面白い本　成毛眞
百年の手紙　梯久美子
本へのとびら　宮崎駿
思い出袋　鶴見俊輔
活字たんけん隊　椎名誠
道楽三昧　小沢昭一・神崎宣武 聞き手
ブータンに魅せられて　今枝由郎
文章のみがき方　辰濃和男
悪あがきのすすめ　辛淑玉
水の道具誌　山口昌伴
スローライフ　筑紫哲也
怒りの方法　辛淑玉
伝言　永六輔
活字の海に寝ころんで　椎名誠
四国遍路　辰濃和男
嫁と姑　永六輔
親と子　永六輔
老人読書日記　新藤兼人

夫と妻　永六輔
商(あきんど)人　永六輔
活字博物誌　椎名誠
芸人　永六輔
現代人の作法　中野孝次
職人　永六輔
二度目の大往生　永六輔
あいまいな日本の私　大江健三郎
大往生　永六輔
文章の書き方　辰濃和男
白球礼讃 ベースボールよ永遠に　平出隆
ラグビー 荒ぶる魂　大西鉄之祐
活字のサーカス　椎名誠
新つけもの考　前田安彦
プロ野球審判の眼　島秀之助
マンボウ雑学記　北杜夫
東西書肆街考　脇村義太郎
アメリカ遊学記　都留重人
ヒマラヤ登攀史〔第二版〕　深田久弥

社会

サイバーセキュリティ　谷脇康彦
まちづくり都市 金沢　山出保
虚偽自白を読み解く　浜田寿美男
総介護社会　小竹雅子
戦争体験と経営者　立石泰則
住まいで「老活」　安楽玲子
現代社会はどこに向かうか　見田宗介
EVと自動運転 クルマをどう変えるか　鶴原吉郎
ルポ 保育格差　小林美希
津波災害〔増補版〕　河田惠昭
棋士とAI　王銘琬
原子力規制委員会　新藤宗幸
東電原発裁判　添田孝史
日本問答　田中優子 松岡正剛
日本の無戸籍者　井戸まさえ
〈ひとり死〉時代のお葬式とお墓　小谷みどり

町を住みこなす　大月敏雄
親権と子ども　榊原富士子 池田清貴
歩く、見る、聞く 人びとの自然再生　宮内泰介
対話する社会へ　暉峻淑子
悩みいろいろ　金子勝
魚と日本人 食と職の経済学　濱田武士
ルポ 貧困女子　飯島裕子
鳥獣害 動物たちと、どう向きあうか　祖田修
科学者と戦争　池内了
新しい幸福論　橘木俊詔
ブラックバイト 学生が危ない　今野晴貴
原発プロパガンダ　本間龍
ルポ 母子避難　吉田千亜
日本にとって沖縄とは何か　新崎盛暉
日本病 長期衰退のダイナミクス　金子勝 児玉龍彦
雇用身分社会　森岡孝二
生命保険とのつき合い方　出口治明

ルポ にっぽんのごみ　杉本裕明
鈴木さんにも分かるネットの未来　川上量生
地域に希望あり　大江正章
世論調査とは何だろうか　岩本裕
フォト・ストーリー 沖縄の70年　石川文洋
ルポ 保育崩壊　小林美希
多数決を疑う 社会的選択理論とは何か　坂井豊貴
アホウドリを追った日本人　平岡昭利
朝鮮と日本に生きる　金時鐘
被災弱者　岡田広行
農山村は消滅しない　小田切徳美
復興〈災害〉　塩崎賢明
「働くこと」を問い直す　山崎憲
原発と大津波 警告を葬った人々　添田孝史
縮小都市の挑戦　矢作弘
福島原発事故 被災者支援政策の欺瞞　日野行介
日本の年金　駒村康平

岩波新書より

食と農でつなぐ 福島から	塩谷弘康・岩崎由美子
過労自殺〔第二版〕	川人博
金沢を歩く	山出保
ドキュメント 豪雨災害	稲泉連
ひとり親家庭	赤石千衣子
女のからだ フェミニズム以後	荻野美穂
〈老いがい〉の時代	天野正子
子どもの貧困Ⅱ	阿部彩
性と法律	角田由紀子
ヘイト・スピーチとは何か	師岡康子
生活保護から考える	稲葉剛
かつお節と日本人	宮内泰介・藤林泰
家事労働ハラスメント	竹信三恵子
福島原発事故 県民健康管理調査の闇	日野行介
電気料金はなぜ上がるのか	朝日新聞経済部
おとなが育つ条件	柏木惠子
在日外国人〔第三版〕	田中宏
まち再生の術語集	延藤安弘

震災日録 記憶を記録する	森まゆみ
原発をつくらせない人びと	山秋真
社会人の生き方	暉峻淑子
構造災 科学技術社会に潜む危機	松本三和夫
家族という意志	芹沢俊介
ルポ 良心と義務	田中伸尚
飯舘村は負けない	千葉悦子・松野光伸
夢よりも深い覚醒へ	大澤真幸
子どもの声を社会へ	桜井智恵子
就職とは何か	森岡孝二
日本のデザイン	原研哉
ポジティヴ・アクション	辻村みよ子
脱原子力社会へ	長谷川公一
希望は絶望のど真ん中に	むのたけじ
福島 原発と人びと	広河隆一
アスベスト 広がる被害	大島秀利
原発を終わらせる	石橋克彦編
日本の食糧が危ない	中村靖彦
勲章 知られざる素顔	栗原俊雄

希望のつくり方	玄田有史
生き方の不平等	白波瀬佐和子
同性愛と異性愛	風間孝・河口和也
贅沢の条件	山田登世子
新しい労働社会	濱口桂一郎
世代間連帯	上野千鶴子・辻元清美
道路をどうするか	五十嵐敬喜・小川明雄
子どもの貧困	阿部彩
子どもへの性的虐待	森田ゆり
戦争絶滅へ、人間復活へ	むのたけじ 聞き手 黒岩比佐子
テレワーク 「未来型労働」の現実	佐藤彰男
反貧困	湯浅誠
不可能性の時代	大澤真幸
地域の力	大江正章
グアムと日本人 戦争を埋立てた楽園	山口誠
少子社会日本	山田昌弘
親米と反米	吉見俊哉
「悩み」の正体	香山リカ

岩波新書より

変えてゆく勇気　上川あや
戦争で死ぬ、ということ　島本慈子
社会学入門　見田宗介
冠婚葬祭のひみつ　斎藤美奈子
壊れる男たち　金子雅臣
少年事件に取り組む　藤原正範
いまどきの「常識」　香山リカ
働きすぎの時代　森岡孝二
桜が創った「日本」　佐藤俊樹
生きる意味　上田紀行
ルポ 戦争協力拒否　吉田敏浩
ウォーター・ビジネス　中村靖彦
男女共同参画の時代　鹿嶋敬
当事者主権　中西正司　上野千鶴子
ルポ 解雇　島本慈子
豊かさの条件　暉峻淑子
人生案内　落合恵子
若者の法則　香山リカ
自白の心理学　浜田寿美男

原発事故はなぜくりかえすのか　高木仁三郎
日本の近代化遺産　伊東孝
証言 水俣病　栗原彬編
コンクリートが危ない　小林一輔
東京国税局査察部　立石勝規
ドキュメント 屠場　鎌田慧
能力主義と企業社会　熊沢誠
沖縄 平和の礎　大田昌秀
現代社会の理論　見田宗介
原発事故を問う　七沢潔
災害救援　野田正彰
命こそ宝 沖縄反戦の心　阿波根昌鴻
スパイの世界　中薗英助
都市開発を考える　大野輝之　レイコ・ハベ・エバンス
ディズニーランドという聖地　能登路雅子
原発はなぜ危険か　田中三彦
豊かさとは何か　暉峻淑子
農の情景　杉浦明平

光に向って咲け　粟津キヨ
異邦人は君ヶ代丸に乗って　金賛汀
読書と社会科学　内田義彦
科学文明に未来はあるか　野坂昭如編著
プルトニウムの恐怖　高木仁三郎
社会科学における人間　大塚久雄
沖縄ノート　大江健三郎
地の底の笑い話　上野英信
この世界の片隅で　山代巴編
音から隔てられて　入谷仙介　林瓢介編
ものいわぬ農民　大牟羅良
民話を生む人々　山代巴
死の灰と闘う科学者　三宅泰雄
米軍と農民　阿波根昌鴻
沖縄からの報告　瀬長亀次郎
暗い谷間の労働運動　大河内一男
ユダヤ人　J-P・サルトル　安堂信也訳
社会認識の歩み　内田義彦
社会科学の方法　大塚久雄

芸術

ベラスケス　宮廷のなかの革命者　大髙保二郎
ヴェネツィア　美の都の一千年　宮下規久朗
丹下健三　戦後日本の構想者　豊川斎赫
学校で教えてくれない音楽　大友良英
中国絵画入門　宇佐美文理
瞽女うた　ジェラルド・グローマー
東北を聴く　佐々木幹郎
黙示録　岡田温司
ボブ・ディラン　ロックの精霊　湯浅学
仏像の顔　清水眞澄
ヘタウマ文化論　山藤章二
小さな建築　隈研吾
デスマスク　岡田温司
コルトレーン　ジャズの殉教者　藤岡靖洋
雅楽を聴く　寺内直子
歌謡曲　高護
四コマ漫画　清水勲
琵琶法師　兵藤裕己
歌舞伎の愉しみ方　山川静夫
自然な建築　隈研吾
肖像写真　多木浩二
東京遺産　森まゆみ
日本の色を染める　吉岡幸雄
プラハを歩く　田中充子
コーラスは楽しい　関屋晋
日本絵画のあそび　榊原悟
イギリス美術　高橋裕子
ぼくのマンガ人生　手塚治虫
日本の近代建築 上・下　藤森照信
千利休　無言の前衛　赤瀬川原平
やきもの文化史　三杉隆敏
色彩の科学　金子隆芳
歌右衛門の六十年　中村歌右衛門　山川静夫
フルトヴェングラー　脇圭平　芦津丈夫
楽譜の風景　岩城宏之
日本の耳　小倉朗
二十世紀の音楽　吉田秀和
写真の読みかた　名取洋之助
絵を描く子供たち　北川民次
名画を見る眼 正・続　高階秀爾
ギリシアの美術　澤柳大五郎
ヴァイオリン　無量塔蔵六
音楽の基礎　芥川也寸志
日本美の再発見〔増補改訳版〕　ブルーノ・タウト　篠田英雄 訳
ミケルアンヂェロ　羽仁五郎

岩波新書より

哲学・思想

- ルイ・アルチュセール　市田良彦
- 異端の時代　森本あんり
- ジョン・ロック　加藤 節
- インド哲学10講　赤松明彦
- マルクス 資本論の哲学　熊野純彦
- トマス・アクィナス 理性と神秘　山本芳久
- 生と死のことば 中国の名言を読む　川合康三
- アウグスティヌス 「心」の哲学者　出村和彦
- 日本文化をよむ 5つのキーワード　藤田正勝
- 矢内原忠雄 戦争と知識人の使命　赤江達也
- 中国近代の思想文化史　坂元ひろ子
- 憲法の無意識　柄谷行人
- ホッブズ リヴァイアサンの哲学者　田中 浩
- プラトンとの哲学 対話篇をよむ　納富信留
- 〈運ぶヒト〉の人類学　川田順造
- 哲学の使い方　鷲田清一
- ヘーゲルとその時代　権左武志
- 柳 宗悦　中見真理
- 人類哲学序説　梅原 猛
- 加藤周一　海老坂武
- 哲学のヒント　藤田正勝
- 空海と日本思想　篠原資明
- 論語入門　井波律子
- トクヴィル 現代へのまなざし　富永茂樹
- 和辻哲郎　熊野純彦
- 現代思想の断層　徳永 恂
- 宮本武蔵　魚住孝至
- 西田幾多郎　藤田正勝
- 丸山眞男　苅部 直
- 西洋哲学史 近代から現代へ　熊野純彦
- 西洋哲学史 古代から中世へ　熊野純彦
- 世界共和国へ　柄谷行人
- 悪について　中島義道
- 偶然性と運命　木田 元
- 近代の労働観　今村仁司
- プラトンの哲学　藤沢令夫
- 術語集 Ⅱ　中村雄二郎
- マックス・ヴェーバー入門　山之内靖
- ハイデガーの思想　木田 元
- 臨床の知とは何か　中村雄二郎
- 新哲学入門　廣松 渉
- 「文明論之概略」を読む 上・中・下　丸山真男
- 術語集　中村雄二郎
- 死の思索　松浪信三郎
- 生きる場の哲学　花崎皋平
- イスラーム哲学の原像　井筒俊彦
- 北米体験再考　鶴見俊輔
- アフリカの神話的世界　山口昌男
- 孟子　金谷 治
- 孔子　貝塚茂樹

岩波新書より

- ジェイムズ・ジョイスの謎を解く　柳瀬尚紀
- 戦後文学を問う　川村湊
- 短歌をよむ　俵万智
- 新しい文学のために　大江健三郎
- 歌い来しかた　わが短歌戦後史　近藤芳美
- 四谷怪談　悪意と笑い　廣末保
- 徒然草を読む　永積安明
- 万葉群像　北山茂夫
- 折々のうた　大岡信
- アメリカ感情旅行　安岡章太郎
- 読書論　小泉信三
- 民話　関敬吾
- 黄表紙・洒落本の世界　水野稔
- 日本の現代小説　中村光夫
- 古事記の世界　西郷信綱
- 日本文学の古典〔第二版〕　西郷信綱　永積安明　広末保
- 新唐詩選　吉川幸次郎　三好達治

- 中国文学講話　倉石武四郎
- 文学入門　桑原武夫
- 万葉秀歌　上・下　斎藤茂吉

岩波新書/最新刊から

1890 法医学者の使命
「人の死を生かす」ために
吉田謙一著
法医学者はどのように死因を判断するのか。日本の刑事司法および死因究明制度のどこが問題か。第一人者による警告の書。

1891 死者と霊性
―近代を問い直す―
末木文美士編
末木文美士、中島隆博、若松英輔、安藤礼二、中島岳志、眼に見えない領域をめぐり思索を続けてきた五名による白熱の討議をまとめる。

1892 万葉集に出会う
大谷雅夫著
先入観なしに歌そのものとじっくり向き合えば、古代の人びとの心がたしかに見えてくる。それは、私たちの心そのものなのだ。

1893 ユーゴスラヴィア現代史 新版
柴宜弘著
ユーゴ解体から三〇年。あの紛争が突きつけた重い課題は、いまも私たちの前に立ちはだかっている。ロングセラーの全面改訂版。

1894 ジョブ型雇用社会とは何か
―正社員体制の矛盾と転機―
濱口桂一郎著
「ジョブ型雇用」の名づけ親が、巷にはびこる誤解を正し、さらにこの概念を駆使して日本の様々な労働問題の深層へとメスを入れる。

1895 ヒトラー
―虚像の独裁者―
芝健介著
ナチス・ドイツ研究の第一人者が描く決定的評伝。生い立ちからホロコースト、死後の論争等をふまえ「ヒトラー神話」を解き明かす。

1896 スペイン史10講
立石博高著
ヨーロッパとアフリカ、地中海と大西洋―四つの世界が出会う場として、個性あふれる歩みを刻してきたスペインの通史。

1897 知的文章術入門
黒木登志夫著
論文執筆の指導・審査歴50年の著者がデジタル社会ならではの知的文章術、プレゼン術を指南。日本語事例は痛快、英語文例は実践的。

(2021. 10)